네가
거기

그대로
있어준다면

우리가
여행을 _____________ 다시 부를 때

우리가 여행을 다시 부를 때 **네가 거기 그대로 있어준다면**

1판 1쇄 발행일 2020년 12월 5일

글·사진 홍아미, 엄지희, 양주연, 양슬아, 안소은, 박성혜, 류진, 김유미, 김영미, 김나영
펴낸이 김민희, 김준영 | **편집** 김민희, 김준영 | **디자인** 스튜디오 헤이,덕
영업 마케팅 김영란

펴낸곳 두사람
팩스 02-6442-1718 | **메일** twopeople1718@gmail.com
등록 2016년 2월 1일 제 2016-000031호
ISBN 979-11-90061-24-7 03810

Published by TWOPEOPLE, Inc. Printed in Korea

네가 거기 그대로 있어준다면

우리가 여행을 다시 부를 때

글 · 사진
홍아미
엄지희
양주연
양슬아
안소은
박성혜
류 진
김유미
김영미
김나영

두사람

목차

chapter 3

여행이니까, 한 번쯤은

chapter 4

널 다시 볼 수 있을까?

마우이 호오키파 비치, 미국 하와이

chapter 1

그곳에 또 우리는

누구와 함께이든 사랑에 빠질 수밖에 없는 센강의 풍경

사랑해 파리!

파리, 프랑스

"파리에만 가면 사랑에 빠진다니까! 진짜야!"

몇 년째 내가 열변을 토하는 주제다. 누군가 파리의 공기에 사랑의 묘약을 섞어두는 것이 분명하다. 그렇지 않고서야 파리에 갈 때마다 로맨틱한 사건이 벌어질 수 있단 말인가.

유럽 여행 도중 만났던 R 이야기부터 해보자. 네덜란드인인 R과는 이탈리아 카프리섬 1일 투어를 함께하며 친해졌다. 투어가 끝나고 소렌토와 포지타노까지 함께 여행했고, 우리 둘 사이엔 내내 미묘한 기운이 흘렀지만 별다른 일 없이 헤어졌다. 이후 페이스북으로 연락을 이어가다가 내 다음 여정이 파리인 것을 알고서 R은, 금요일 밤 퇴근 후 암스테르담에서 파리로 다섯 시간을 달려왔다. 파리에서 다시 만난 우리는 사요궁 공원에 누운 채 에펠탑을 감상했고 밤의 센강을 산책했다. 알렉상드르 3세 다리에서 센강을 바라보던 R이 한 가지 궁금한 게 있다며 물었다. 이탈리아에서 자신이 키스하길 바랐느냐고. 고개를 끄덕이자 그는 곧바로 내게 키스했다. R 얼굴 뒤로 화이트 에펠이 반짝이고 있었다.

파리는 이성 친구와 함께 여행하기에 가장 위험한 도시다. 같은 침대를 써도 아무 일 없을 거라 철석같이 믿던 남자 사람 친구와 집까지 걸어오던 길, 지금은 떠오르지도 않는 한 프랑스 단어의 발음이 웃기다며 낄낄거렸다. 그러다가 어느 순간 숨결이 닿을 만큼 가까워지는 바람에 둘 다 민망한 웃음을 짓기도 했다.

한인 민박의 맥주 파티에서 만난 사람과는 한 편의 로맨스 영화도 찍었다. 영화 촬영지를 따라 파리를 여행하던 그와 밤새 영화 〈비포 선셋〉의 흔적을 찾아다니다가 공원에 누워 날이 밝도록 이야기를 나누었다. 마치 셀린과 제시가 오스트리아에서 처음 만났던 날처럼.

이 로맨틱한 관계들은 하나같이 파리를 떠나자마자 마법이 풀린 것처럼 시들해졌다. 어째서 파리에만 가면 그리도 쉽게 사랑에 빠졌던 걸까? 반짝이는 에펠탑, 센강에 일렁이는 불빛, 파리의 야경에 반해서 가슴이 두근거리는 걸 사랑으로 착각했을지도 모르겠다. 이 글을 읽는 독자분들 가운데 나와 비슷한 경험을 한 분이 있다면 꼭 제보해주시길 바란다. _양주연

이른 새벽 아름다운 센강의 풍경

야경이 가장 로맨틱한 도시, 파리

마우이와 하와이안 보이

하와이, 미국

옷가지를 훌훌 벗어 던지고 천연한 몸짓으로 바다에 뛰어들던 하와이안 보이들. 하와이를 그릴 때마다 가장 먼저 생각나는 장면이다. 나는 첫 하와이 여행에서 마우이에 홀딱 반해버렸다. 하와이에서 두 번째로 큰 섬, 마우이. 마우이는 폴리네시아 신화에 등장하는 반신반인 영웅의 이름이기도 하다. 낚싯대로 끌어올려 태평양의 무수한 섬들을 만들었고, 태양을 붙잡아 낮을 길게 늘였으며, 지하 세계에서 불을 훔쳐 가져오는 등 갖은 재주를 지녔다고 전해진다. 신화를 먼저 들어서일까, 마우이를 이루고 있는 모든 요소가 신비롭게 다가온다.

마우이의 한적한 도로를 달리다 보면 시시각각 다른 모습을 내보이며 혼을 빼놓는 자연 풍광에 자꾸만 차를 멈춰 세울 수밖에 없다. 눈길을 붙잡는 곳이 곧 목적지가 되는 곳, 마우이는 그런 곳이다.

다이빙하기 위해 바위로 향하는 소년들

호오키파 비치 파크에서 흔히 볼 수 있는 서퍼

마우이의 명소 중 하나는 하와이안의 놀이터나 다름없는 호오키파 비치다. 해변으로 가는 길, 서프보드를 손에 든 이들이 여럿 보인다. 바다를 제대로 만끽하기 위해서 호오키파 비치 파크로 향한다. 바닷바람이 제법 세찬 전망대에 오르면 눈이 시리도록 푸른 바다와 하늘이 맞닿은 풍경이 펼쳐진다. 속이 다 시원하다.

넋 놓고 바다를 눈에 담다 보니 까르르 웃으며 바닷가 바위에 기어오르는 소년들이 눈에 들어온다. 또래로 보이는 하와이안 보이 셋은 너나없이 옷을 벗어 던지곤 수영복 차림으로 물속에 풍덩 몸을 던진다. 누가 하와이안 아니랄까 봐 다이빙 중에 공중제비도 한두 번 돌아주면서. 이 소년들에겐 보통의 날이 이러하겠지. 자유롭게 바다에서 바다로 유영하는 시간들이 쌓여가겠지. 여행자가 지닌 마음의 경계를 풀어주는 하와이안 보이들이 고마웠다. 비로소 하와이가 낯설지 않게 느껴졌다. _김나영

와인, 그림 같은 풍경을 물들이다

체팔루, 이탈리아

티레니아해Tyrrhenian Sea에 면한 작은 항구 도시 체팔루. 팔레르모에서 동쪽으로 기차를 타고 몇 개의 작은 간이역을 지나 한 시간 정도 벗어났을 뿐인데 풍경이 남다르다. 주택만 봐도 그렇다. 팔레르모는 그리스, 아랍, 노르만 등 다양한 시대의 문화 색이 겹겹이 쌓인 반면 체팔루의 집들은 대부분 외벽이 모래색을 띈 까닭에 마치 작은 모래 도시 같다. 좁고 오래된 골목길을 따라 천천히 걷고 있자니 시간도 멈춘 듯하다. 비수기인 12월, 거기에 시에스타Siesta까지 겹쳐 동네가 한적하다 못해 적막할 지경이다. 크게 소리쳐보고 싶지만, 여행객의 소란이 마을의 평화를 깰까 싶어 나지막이 길을 걸으며 연신 셔터만 눌러댄다.

길 끝에서 체팔루 비치를 만났다. 여름이라면 새하얀 모래사장 위 형형색색의 파라솔과 다양한 피부색을 가진 여행자들이 코발트

해안 산책로에서 본 로카 디 체팔루와 구시가지

빛 바다에 넘실거릴 테지만. 겨울이라 비치 앞 마리나 광장 벤치에 앉아 오후의 따사로운 햇살을 받으며 사색에 잠긴 몇몇 주민과, 시에스타로 갈 곳 잃은 여행자만 옹기종기 모여 마치 지난 여름날의 시간을 되새기는 듯 조용할 뿐이다. 누군가는 손바닥만 한 노트에다 눈앞의 풍경을 그리고, 누군가는 로맨틱한 영화 속 한 장면을 그려내기도 한다. 또 다른 이는 방파제에 서서 낚싯대만 하염없이 바다로 던져댄다.

(위) 마리나 광장 벤치에 자리 잡은 커플 그리고 바닥에 놓인 와인 한 병
(아래) 체팔루의 오래된 항구에서 본 일몰

시간이 꽤 흐른 뒤에도 누구 하나 벤치를 떠나지 않는다. 가족, 커플, 친구 등등 각각의 시간이 바다에 물들어간다. 앉을 수 있는 벤치를 구하지 못해 광장 뒤 방파제에 걸터앉았다. 벤치 너머로 올려다본 로카 디 체팔루Rocca di Cefalu는 바다로 돌출한 산을 중심으로 이루어진 체팔루의 지형적 특성을 더욱 실감케 했다. 시선은 다시 벤치로 내려왔다. 분명 벤치에 남자 혼자 앉아 있는 것 같았는데, 자세히 보니 그게 아니다. 남자는 벤치에 앉아 한쪽 무릎을 자신의 반쪽에게 내어주고 있었다. 그 무릎을 베개 삼아 살포시 누워 휴식을 취하는 여자. 그들이 벤치 아래 무심히 벗어놓은 신발 두 켤레가 한없이 자유로워 보인다. 그 옆으로 마시다 만 와인 한 병이 체팔루 오후를 달콤하게 물들이는 듯하다. 서로에게 물드는 이들의 사랑이 철썩거리는 파도에 사르르 부서지는 모래성처럼 얕은 것이 아니라 와인처럼 짙고 깊고 느긋한 것이면 좋겠다. 내게 체팔루 비치가, 마리나 광장이 그랬던 것처럼. _박성혜

프리마베라의 아우라

피렌체, 이탈리아

마지막 학기를 휴학하고 교수님과 따로 철학 공부를 한 적 있다. 그 중 유독 '발터 벤야민' 이야기가 기억에 남는다. 100퍼센트 완벽하게 이해한 것은 아니었지만, 요즘처럼 복제가 만연한 개성 상실의 시대에 요원한 '아우라'의 가치에 관한 내용이었다. 당시 교수님은 과거부터 지금까지 그 가치를 인정받은 여러 예술 작품을 예로 들어 설명했다. 다른 철학가의 이름과 논제는 전부 잊고 말았는데 벤야민의 '아우라'는 아직도 생생하다.

아주 오랫동안 머문 피렌체를 떠나기 전날, 나는 꾸역꾸역 우피치 미술관 반일 투어를 신청했다. 아침 아홉 시까지 시뇨리아 광장으로 나갔고 가이드를 따라 미술관 안으로 들어갔다. 많은 인파에 둘러싸인 채 메디치 가문의 화려한 저택과 유명한 작품들을 보았다. 그래, 보았었다. 그러나 나는 그날 이유 없이 밀려오는 잠을 견

보티첼리의 〈봄〉 앞에서 느꼈던 아우라

우피치 미술관 열주 사이로 비치는 햇살

디지 못하고 서서 꾸벅꾸벅 졸았다. 눈을 제대로 뜰 수 없었고, 벤치가 있으면 쪼르르 가 앉아서 눈을 감았다. 귀에 꽂은 이어폰에서 '자, 이동합시다'라는 가이드의 목소리가 들릴 때까지 그 유명하다는 작품 중 어느 것 하나 제대로 들여다보지 않았다.

그 비몽사몽의 상태에서 다음 전시실로 들어간 순간, 벽에 걸려 있는 거대한 그림을 보자마자 오전 내내 나를 괴롭히던 졸음이 달아나는 것을 느꼈다. 숲 한가운데에 서 있는 여신과, 그 주변의 다른 신들이 있는 그림. 산드로 보티첼리의 작품 〈봄La Primavera〉이었다. 그때의 기분을 어떻게 설명할 수 있을까. 머리끝부터 발끝까지 소름이 돋았다. 온몸에 털이 쭈뼛쭈뼛 섰고 심장이 두근거렸다. 미술책에서 본 그림이긴 했으나 〈비너스의 탄생〉보다 덜 익숙한 작품이었다. 가장 좋아하던 반 고흐의 〈별이 빛나는 밤에〉를 보았을 때도 느낄 수 없던 묘한 감동이 흘렀다. 가이드의 설명은 귀에 들리지도 않았다. 그저 가만히, 멍하니 한동안 그 자리에 서서 꼼짝도 할 수 없었다.

투어가 끝나고 숙소에 돌아가자마자 나는 교수님께 엽서를 썼다. 우피치 미술관에서 본 그림이 내게 주었던 어떤 '아우라'에 대하여. 과연 이게 아우라일까? 그날 이후 나는 다양한 미술관에서 더 유명한 작품을 더 많이, 또 자주 보았지만 그때의 감정은 다시 느낄 수 없었다. 그래, 누구나 그런 순간이 오지 않을까. 여행 중 만나게 되는 수많은 풍경과 상황 속에서 때로 그림이 되고, 때로 음악이 되기도 하는 어떤 순간. 다시 피렌체에 가게 된다면 밤의 두오모 성당이나 매일 가서 사 먹었던 젤라토 가게보다도, 우피치 미술관에 먼저 가고 싶다. 또다시 그 그림 앞에 서서 그날 이후로 느끼지 못했던 특별한 감동을 받기 위해서 말이다. 그러나 나는 안다. 그와 같은 느낌은 다시 받을 수 없음을. _엄지희

LA에서 가장 핫한 미술관, 더 브로드

또 다른 여행이 되는 예술 한 점

로스앤젤레스, 미국

내게 있어 로스앤젤레스는 그저 스쳐 지나가는 도시 중 하나였다. 한번은 하와이-샌프란시스코 일정이었는데 샌프란시스코행 모든 항공기가 만석이라 차선책으로 로스앤젤레스 공항으로 갔다. 그곳에서 렌터카로 미국 첫 번째 도로라 불리는 '1번 국도'를 따라 샌프란시스코로 이동했다. 또 한번은 샌디에이고와 라스베이거스 여행을 마친 후 한국으로 돌아오기 위해 로스앤젤레스 공항을 찾았다. 당시에 이틀 정도 여유가 있었지만, 게티 센터Getty Center와 로스앤젤레스 카운티 미술관LACMA을 둘러본 게 전부다. 이렇다 보니 로스앤젤레스는 여행했다고 말하기가 민망한 도시다.

그러다 세 번째 방문할 기회가 생겼다. 이번엔 일정도 닷새나 되었다. 로스앤젤레스 여행이 결정되었을 때 몇몇 지인이 '더 브로드The Broad'를 추천했다. 신디 서먼, 앤디 워홀, 장 미셸 바스키아, 제프 쿤스 등 이름만 들어도 알 만한 현대 예술가의 작품을 소장한 미술관이다. 정식 명칭은 브로드 현대 미술관The Broad Contemporary Art Museum. 미국 억만장자이자 자선 사업가인 엘리 브로드Eli Broad가 건물을 짓고 자신의 개인 컬렉션을 기증한 곳이라 수준급의 작품들을 자랑하지만, 미술관 입장은 만만하게 무료다.

인기 작품 중 하나인 쿠사마 야요이의 〈무한 거울의 방Infinity Mirrored Room〉은 예약 후 관람할 수 있다. 거울로 둘러싸인 방 안을 엘이디LED 조명이 반짝거리며 가득 채운다. 조명과 거울을 이용해 빛의 신비를 느껴보도록 만든 작품인데 방 안에 홀로 서 있으니, 마치 다른 세상에 온 것만 같았다. 나는 소우주의 먼지일 뿐이고 반짝이는 빛은 수많은 별이었다. 허락된 작품 관람 시간은 딱 45초. 나는 로스앤젤레스에 있었지만 45초간 우주에 다녀온 기분이었다(제주 본태미술관에 동일 작품이 있는데 입장료는 2만 원). 길면 길고 짧으면 짧다 할 수 있는 45초를 보내고 나니 후회가 한가득 밀려왔다. 그 방 안에서 고작 사진 촬영에 급급했기 때문이다. 사진이 뭐 그렇게 중요하단 말인가. 찬란했던 순간은 렌즈가 아니라 눈과 마음에 담는 것이 더 선명한 기억으로 남을 텐데. 훗날 그곳에 또 간다면 사진기는 모두 내려놓고 조용히 눈과 마음에만 담아야겠다. _박성혜

마치 다른 세상 속으로 온 듯한 느낌을 주는
쿠사마 야요이의 〈무한 거울의 방〉

엘런 갤러거의
〈eXelento〉를 보는 여인

섬 사람들의 인사법

오키나와, 일본

오키나와의 자마미라는 작은 섬에 머문 지 사흘째 되던 날에 생긴 일이다. 게스트 하우스에서 만나 함께 여행했던 일본인 친구 중 한 명이 먼저 도쿄로 돌아가게 되었다. 짧은 시간이었지만 그간 쌓인 추억 이야기를 나누며 마지막 식사를 했다. 그러고서 숙소에 묵던 사람들 모두가 항구로 배웅을 나갔다.

출발 20분 전, 연락처를 교환하고 한 명 한 명 인사를 나누었다. 그러고도 출발까지 10분이 남은 상황. 히로짱은 2층 배 난간에서, 우리는 항구에서 서로를 멀뚱멀뚱 바라보고 있었다. '인사를 마쳤으니 이제 돌아갈까?' 하고 몸을 돌렸는데 게스트 하우스의 다른 사람들은 허공을 봤다가 히로짱을 향해 웃긴 표정을 짓기도 했다가 하며 시간을 보내고 있었다. 무언가를 기다리는 듯했다.

'대체 왜 안 가고 있는 거지?'

자마미 항구에서 점이 될 때까지 바라본 여객선

나는 그 시간이 너무 어색해서 속으로 제발 빨리 배가 출발하기만을 빌었다.

마침내 선원들이 닻줄을 풀었다. 배가 떠날 시간이었다. 배가 항구에서 천천히 멀어짐과 동시에 배에 탄 사람들, 항구에 있는 사람들 모두 머리 위로 크게 손을 젓기 시작했다. 그것도 팔이 아프도록 아주 정성스럽게. 나는 팔이 아파와 슬쩍 주변을 둘러봤는데, 다들

이상하게 눈물이 나던 풍경

오키나와 자마미섬 아키바나 게스트 하우스

아직도 열심히 손을 흔들고 있었다. 배는 이미 항구를 빠져나가 작은 점이 되어 있었다. 배에 탄 사람들이 이미 자리로 돌아갔을지도 모르는데도, 수신인이 없는 인사는 한동안 계속되었다. 내젓는 팔들을 바라보고 있자니 왈칵 눈물이 났다.

매일매일, 많으면 하루에 네 번씩 항구로 배웅을 나갔다. 그때마다 같은 장면을 보았고 어김없이 가슴 어딘가가 찌르르해졌다. 오랫동안 손을 흔드는 가운데 흐르는 마음을 보았기 때문일 것이다. 고마움, 미안함, 아쉬움, 전하지 못한 복잡한 감정이 긴 배웅 인사에 담겨 있었다.

이 여행 이후 나는 누군가를 배웅할 때 힘껏, 오래도록 손을 흔든다. 일본 여행을 가서 배를 타게 된다면 바로 자리에 앉는 대신 꼭 갑판에서 항구를 바라보길 바란다. 모르는 사람들의 인사에 마음이 뭉클해지는 경험을 할 수 있을 테니. _양주연

너의 진짜 얼굴이 궁금해
홍콩

솔직히 고백하면 홍콩은 나의 여행 리스트에서 늘 저만치 뒤에 있는 도시였다. 세계에서 손꼽히는 관광 도시인 만큼 특별한 매력이 있음은 분명하겠지만 적어도 나에겐 아닐 거라고 단언해왔다, 오만하게도.

막상 홍콩에 도착하자 나를 사로잡은 이 도시의 매력은 따로 있었다. 그것은 바로 그리움이었다. 아마도 학창 시절을 수놓은 홍콩 영화가 준 정서 때문일 것이다. 좁은 골목길마다 영화 같은 이야기가 숨어 있을 듯했고, 맛보는 음식마다 친숙하고 정겨웠다. 무엇보다 숨 막힌다는 말로도 표현이 안 되는 촘촘한 도시의 밀도가 강렬하다 못해 장관이라 할 만했다. 거대한 산맥이나 숲은커녕 나무 한 그루조차 구경하기 힘든 이 삭막한 도시를 장관이라 여기다니. 나는 완전히 홍콩의 매력에 빠져서 정신없이 도시를 헤매고 다녔다.

홍콩 거리를 누비는 트램

(위) 빅토리아 항구의 아름다운 야경
(아래) 밤이 되면 진짜 모습을 드러내는 템플 스트리트 야시장

그러나 내가 몰랐던 게 한 가지 있었다. 홍콩의 진짜 매력은 해가 진 뒤에 비로소 시작된다는 것. 거대한 빌딩에 불이 켜지고 화려한 불빛들이 어두운 거리를 채우면 그제야 사람들이 진짜 얼굴을 내놓고서, 마음껏 웃고 소리치고 노래한다는 것을.

침사추이 광장에서 친구와 함께 멍하니 바라보던 야경을 기억한다. 캄캄한 밤하늘을 아로새기는 현란한 잔치에 넋을 놓고 있노라면 세상의 근심 따윈 한순간 하찮게만 느껴진다. 매캐한 화약 냄새와 북적이는 사람들 틈새에서 마음은 무장 해제된다.

어쩌면 우리는 일생의 아주 짧은 순간만을 맨얼굴로 살고 있는 게 아닐까. 눈부신 불빛에 가려진 어두운 밤하늘을 믿고 이곳에서만큼은 삶의 가면을 잠깐 내려놓아도 괜찮다고 도시는 말한다. 좋아하는 것을 마음껏 좋아하고, 하고 싶은 것을 마음껏 해도 괜찮다고. 오래 참지 말고, 진짜로 울고 웃으라고. 당신이 오늘 밤 행복하다면, 그걸로 되었다고. _홍아미

농익은 로맨스

하와이, 미국

여행하다 보면 나도 모르게 시선을 빼앗기는 풍경이 있다. 빼앗기다 못해 두고두고 마음마저 머무르는 대상은 황홀한 자연 풍경도, 명작이라 불리는 예술 작품도, 처음 겪는 낯선 문화도 아니다. 나의 시선 끝에는 어김없이 노부부가 있다. 그 어떤 풍경보다도 강렬하게 나를 붙잡는 그들. 다정하게 손잡고 걸어가는 모습, 벤치에 앉아 한곳을 바라보는 모습, 같은 공간 안에서 각자의 시간을 보내는 모습 등. 다양한 상황 속에 존재하는 노부부를 보면 나는 한참을 관찰자 시점으로 임한다. 별것 아닌 광경인데 놀라운 것이라도 발견한 듯 이내 마음이 부산스럽게 움직인다. 노부부들은 대단한 경치를 보는 것도, 유쾌한 대화를 나누는 것도, 맛있는 음식을 먹는 것도 아니다. 그들 사이에 무언의, 정적의 시간만이 흐르는 게 대부분. 노부부 모습에 그토록 시선이 머무는 이유가 무엇인지 곰곰이 생각

다정하게 앉아 해변을 바라보는 노부부

했지만 답을 찾지 못했다. 그들의 몸짓과 분위기 속에 오랜 세월이 담겨 있다고 느껴져서일까? 황혼으로 기우는 그들 인생이 한낱 오후의 햇살 한 줄기보다 더 따뜻하게 느껴져 그런 것일까? 그들 삶의 흔적만큼 중요한 삶의 향기가 그 어떤 향수보다 고혹적이어서 그런 것일까? 잘 모르겠다. 하지만 분명한 건 어제가 오늘 같고, 오늘이 또 어제 같은 그런 날들의 발걸음이 노부부 삶의 결을 단단하게 했다는 것. 그리고 그 견고함에 내가 반했다는 것이다. 그들에게는 그저 잔잔한 일상 같은 순간일 뿐이겠지만, 내 눈에는 마치 호수에 일렁이는 반짝임처럼 아름답게 빛나는 순간이다. 평범하고 평화로운 노부부의 모습이 건네는 잔향은 참 짙다. _박성혜

겨울의 조각
삿포로, 일본

설경이 보고 싶었다. 하얗게 눈으로 뒤덮인 나라에 가면 먹구름 같은 생각으로 꽉 들어찬 머릿속을 비울 수 있을 것만 같았다. 그렇게 가닿은 홋카이도 삿포로는 처음부터 끝까지 순백의 눈이 폴폴 내리며 하얀 여유를 안겨주었다. 그 눈에 기대자 모든 것이 선명히 보였다. 한 편의 단꿈 같은 시간. 겨울이어서, 삿포로여서 안도하는 순간들이었다.

"무조건 목이 높은 부츠를 준비하세요. 운동화를 신었다간 큰코다쳐요."

삿포로에 사는 지인의 충고를 새겨듣길 잘했다. 엄청난 적설량을 자랑하는 홋카이도의 겨울 앞에선 멋도 다 부질없다. 오로지 삿포로 여행을 위해서 무릎 아래까지 오는 두꺼운 겨울 부츠를 장만해 신었다. 물론 습기에 강하고 바닥도 미끄럽지 않은 것으로 골랐

붉은 벽돌 건물에 흰 눈이 소복하게 쌓인 구 홋카이도 청사야말로 삿포로의 하이라이트

다. 그것만으로도 겨울왕국을 맞이할 만반의 준비를 마친 기분이었다.

겨울 삿포로 도심에는 몇 주간 내린 눈이 쌓이고, 그걸 치워 한편에 모아놓은 새하얀 봉우리들이 군데군데 솟아 있다. 눈 언덕을 몇 개 스치며 도심 한복판으로 걸어갔다. 푹푹 깊은 발자국이 새겨지는 눈길을 걷는 건 꽤 오랜만이었다. 누군가에겐 '지긋지긋한 이놈의 눈'이겠지만 여행자에겐 그저 낭만이다. 폭신하게 감겨드는 눈 위를 걷는 기쁨을 만끽하자니, 어느새 눈 이불을 덮은 채 길게 뻗은 오도리 공원에 다다른다. 그리고 마침내 고전미 넘치는 붉은 벽돌 건물의 홋카이도 구 본청사를 마주한다. 난 이곳이 삿포로의 하이라이트라고 생각한다.

청사 안에서 바라본 풍경

눈 내리는 날에 보는 이 붉은빛 건물은 일상적인 풍경이라 하기엔 퍽 강렬해서 그냥 지나칠 수가 없다. 흰 눈으로 뒤덮인 동화 같은 모습이 자꾸만 밟혀 두 눈으로 카메라로 몇 번이고 담아낸다. 발길을 떼지 못하고 머물게 하는 순간.

여행하는 묘미란 이런 것이다. 살짝 맛본 도시에 내 멋대로의 감상을 버무려 기억에 새길 만한 장면을 만들어낸다. 그리고 지칠 때마다 두고두고 꺼내본다. 가수 자이언티는 힘들 때 '노래를 초콜릿처럼 꺼내 먹으라'고 했는데, 노래도 좋지만 나는 여행의 어떤 조각을 꺼내보는 걸 더 좋아하는 편이다. 삿포로에서 가져온 새하얀 기억의 조각은 특히 여름에 맛있다. _김나영

밤을 밝히는 오도리 공원의 일루미네이션

눈부신 세상에 널 데려가겠다는 그 약속을 기억해

우유니 소금 사막, 볼리비아

남미 여행을 가게 된 이유는 10여 년 전 우연히 본 사진 한 장 때문이었다. 하루하루 살아남기 바빴던 사회 초년생에게 비현실적으로 아름다운 그 풍경은 그저 아득하기만 했다. 나도 언젠가는 저 꿈같은 세상 속에 발을 디딜 수 있을까? 그 이름도 어여쁜 우유니. 지도에서 찾아본 그곳은 내가 사는 삭막한 현실과는 너무 멀리 있었다. 힘껏 손을 뻗어도 닿을 수 없을 것만 같았다.

막상 볼리비아 우유니 마을에 도착했을 때, 나는 조금 지쳐 있었다. 그럴 만도 했다. 남미 배낭여행을 시작한지 50여 일째. 여독이 꽤 쌓인 데다 해발 3,700미터 고산 지대에 적응하는 것도 쉽지 않았다. 밤에는 오한이 날 정도로 춥고, 한낮엔 정수리가 뚫릴 것처럼 날카롭고 뜨거운 햇볕이 내리쬐는 날씨. 조금만 걸어도 숨이 가빠졌다. 뭐 대단한 걸 보겠다고, 이 고생을 하는 걸까. 심드렁한 채로 투어 차량에 올라탔다. 그러나 털털거리는 지프가 광활한 사막을 달리는 순간 심장은 기다렸다는 듯 요동치기 시작했다. 이윽고 끝없이 펼쳐진 소금 호수에 나의 장화 끝이 닿던 그 순간. 나는 아주 오래전에 했던 소중한 약속을 기억해낸 기분이었다.

온 우주를 통째로 반영하는 듯한 거대한 호수의 아름다움은 사진으로도, 글로도 표현할 수가 없다. 몇 번이나 눈을 감았다 떠도 내가 그곳에 있다는 게 실감이 나지 않았으니까. 다만 알 수 있었다. 지구 반대편, 이 멀고도 아름다운 곳으로 기어코 찾아올 수밖에 없던 이유.

'비로소 너를 만났구나.'

멀게만 느껴지던 그 환상적 풍경을 보며 언젠가는 너에게 가겠다고, 가고야 말겠다고. 두근거리는 심장 위에 가만히 손을 얹은 채 되뇌었던 10년 전 나와의 약속이 마침내 지켜지는 순간이었다. _홍아미

해 질 녘 붉게 물든
우유니 소금 사막

스스로에게 했던 약속을 10년 만에 지키던 순간

조토의 종탑에서 본 피렌체 전경, 이탈리아

아시시 성 프란체스코 대성당 부근 거리, 이탈리아

chapter 2

여행을 사랑하는 너에게

배 위에서 바라본 페리토 모레노 빙하

내 인생 최고의 한잔

엘 칼라파테, 아르헨티나

"물맛이 달라! 맞지? 진짜 맛있지?"

내 탄성에 옆에 있던 남편은 말도 안 된다며 웃었다. 그러다가 본인도 한 모금 마신 뒤에야 한껏 동그래진 눈을 하고서 격하게 고개를 끄덕였다. 남미 대륙의 끝, 파타고니아 지역의 빙하에서 나온 물맛은 과연 달랐다.

빙하를 보는 것은 나의 오랜 버킷 리스트 중 하나였다. 아르헨티나 엘 칼라파테의 페리토 모레노 빙하. 이곳에서는 단순히 전망대에서 빙하를 보는 것에 그치지 않고, 미니 트레킹이나 빅 아이스 투어를 통해 직접 그 위를 걸으며 빙하 속을 깊숙이 볼 수 있다. 예전부터 꿈꿔온 빙하에 가게 되다니! 내가 직접 몸으로 체험하는 투어를 신청한 것은 선택이 아닌 필수였다.

전망대에서 본 페리토 모레노 빙하는 미드 〈왕좌의 게임〉의 거대한 장벽을 연상케 했다. 드라마 속 장면처럼 저 너머에는 내가 모르는 미지의 존재들이 있을 것만 같았다. 불어오는 바람은 나를 그곳으로 데려가겠다는 듯 세차게 밀쳤다. 바람도, 공기도 완전히 달랐다. 우리는 봐도 봐도 실존하는 빙하라곤 믿기지 않는 그 장벽을 탐험하기 위해 헬멧과 아이젠을 착용했다. 혹여나 넘어질까 처음 땅 위를 걷는 아이처럼 두 발로 푸른빛이 묘하게 감도는 빙하 위를 조심조심 걸었다.

얼음 골짜기 사이로 보이는 크레바스는 얼마나 깊숙이 갈라져 있을지 가늠조차 되지 않았다. 빙하 속 군데군데에는 투명한 물이 고여 있었고, 그 물맛은 맹세코 여태 맛본 물 중 가장 달았다. 그저 '신선하다'는 표현으론 한참이나 아쉬운 놀라운 맛이었다. 한 번 맛보니 이상하게 계속 갈증이 생겼다. 방금 전 느낀 시원한 목 넘김이 자꾸 생각났고, 물병에 가득 채운 빙하 물은 빠르게 사라졌다. 트레킹이 끝나기 직전, 다시 한 번 물병을 가득 채웠다. 이제 다시는 먹을 수 없을 테니 꼭 아껴 먹어야지 다짐하며.

빙하 트레킹 투어가 끝날 무렵, 가이드는 우리를 투명한 유리잔이 세팅되어 있는 테이블로 인솔했다. 사람들이 모이는 사이에 한쪽 구석으로 간 가이드는 장비를 이용해 얼음을 캤다. 그러더니 공수해온 얼음을 유리잔에 뿌렸다. 이어서 가이드는 술을 못 마신

푸른 빙하 위를 걷는 특별한 경험, 빙하 트레킹

다고 밝힌 남편의 잔을 제외한 모든 여행자의 잔에 위스키를 따랐다. 남편에게는 물을 부어 건네주었다. 우리는 빙하 조각이 떠 있는 위스키와 물이 담긴 잔을 챙 하고 부딪혔다. 목에 감기는 술맛이 달았다. 그 독한 술이 달게 느껴지다니, 참 인상적인 날이었나 보다. _안소은

깬 빙하를 넣어 마시는 위스키

행복 무한 루프
아시시, 이탈리아

나는 평소 여행 사진을 잘 꺼내 보지 않는다. 반짝이는 순간을 눈에 보이는 형태로 박제할 때의 기쁨은 크지만, 이상하게도 나중에 다시 보면 절대 그때와 같은 감정이 일지 않는다. 그래서 나는 머릿속에 각인된 기억들이 문득 되살아나길 기다리는 편이다. 정확한 이유는 알 수 없으나 일상 속에서 갑자기 여행의 추억이 튀어나올 때가 있지 않은가. 그런데 그중 대다수는 어떻게 보면 굉장히 사소한 에피소드라는 사실이 흥미롭다.

교환 학생 시절 룸메이트와 두 달간 이탈리아를 여행했다. 그때 '아시시'에 가게 된 건 우연이었다. 첫 도시였던 밀라노를 떠나 베네치아, 볼로냐를 거쳐 피렌체에 머무르다 아시시를 추천받았다. 처음 듣는 도시였지만 왠지 어감이 좋았다. 작은 도시인데 무척 평화롭고 아름다우며, 그곳에 있는 델 질리오 수녀원에서는 여성 여행

높은 곳에서 내려다본 아시시의 눈부신 풍광

인적 드문 골목길 곳곳의 아름다움

자들에게 저렴한 가격으로 숙소와 음식을 제공한다고 하니 더더욱 마음이 갔다.

수녀원에 연락해 숙박이 가능한 것을 확인하고는 곧장 아시시로 향했다. 기차를 타고 도착한 그곳은 예상대로였다. 언덕 위에 우뚝 솟은 성 프란체스코 대성당을 제외하면 마땅한 볼거리가 없는 평온한 소도시. 도착한 지 얼마 지나지 않아 도시 전체에 감도는 따스함에 덩달아 차분해졌다. 그리고 체크인을 위해 찾은 수녀원에서 인자한 미소로 우리를 맞이하는 수녀님을 본 순간, 말도 통하지 않는 이방인을 바라보던 그 맑은 눈빛에 뭉클했다.

간단하게 짐을 풀고 산책을 나섰다. 4월의 어느 저녁, 해가 뉘엿하게 질 무렵 분홍빛으로 물든 도시는 봄의 기운을 한껏 머금고 있었다. 아주 오래전부터 존재했을 좁다란 돌길을 따라 언덕 꼭대기에 올랐다. 주변엔 아무도 없었다. 이따금 가정집에서 소리가 새어 나오지 않았다면 시간이 잠시 멈췄다고 착각할 정도로 적막했다. 높은 곳에서 내려다본 아시시의 정경은 영원히 두 눈에 담아두고 싶을 만큼 아름다웠다. 순도 100퍼센트의 아름다움에 압도된 우리는 야트막한 돌담길에 나란히 걸터앉아 언덕 아래를 말없이 응시했다.

아시시에서는 별다르게 할 일이 없었다. 우리는 아주 평범한 동네 카페에서 각자 커피 한잔과 디저트 하나를 시켜 앞에 두고 꽤 긴 시간 수다를 떨었다. 이제까지의 여행에서 느낀 감상, 가족, 앞으로의 꿈 같은 것들에 대해 이야기를 나누었다. 특히 꿈에 관해선 전혀 현실적이지 않은 망상을 한마디씩 보태며 부풀렸다. '우리가 쉰 살쯤엔 가까이 살면서 이런 카페를 운영하자. 커피에 맞는 디저트론 이런저런 것들을 직접 만들어내면 되겠지!' 하는 말들을 소설처럼 엮곤 깔깔 웃었다. 별것도 아닌 수다가 그렇게 재미있었다.

지금까지도 종종 떠오르는 추억은 그런 사소한 것들이다. 이탈리아 하면 흔히 가장 먼저 언급되는 로마, 피렌체, 베네치아가 아닌 아시시. 그 이후 숱한 여행을 경험했어도 사정은 크게 다르지 않다. 강렬한 자극보다는 잔잔한 감동이 더 자주, 생생하게 되살아나 마음속에 아련하고 행복한 파문을 일군다. 그러고 보면 여행만큼 효용 가치가 높은 소비도 없는 듯하다. 무조건 떠나기만 하면 행복 무한 루프를 생성하니 말이다. _양슬아

(위) 전망 좋은 동네 카페에서 커피 한잔
(가운데) 산책 중 만난 수녀님
(아래) 해 질 녘 아시시의 하늘

우리의 약속은 '어느 날의 프라하'

프라하, 체코

프라하를 생각하면 자연스레 나와 가장 친한 대학 친구 J가 떠오른다. 오래전 나는 혼자 유럽을 떠돌며 배낭여행 중이었고 그녀는 엄마, 이모와 함께 동유럽 패키지여행을 하고 있었다.

"우리가 만날 수 있을까?"

J에게는 정해진 일정이 있었고 나는 계획한 루트가 전혀 없었지만 확언할 수 없었다. 나는 보통 가고 싶은 다음 목적지를 떠나기 전날 결정했다. 내게 남은 여행 일정이 얼마 없었기에 도시를 이동할 때마다 어디에서 며칠을 머무를지, 어디로 갈지 오래 고민하던 때였다. 돈도 조금씩 떨어져가고 있었다.

그럼에도 우리는 결국 프라하에서 만났다. 해가 지기 직전, 명품 거리에서 조우했다. 일정 중 하루는 프라하에서 자고 간다는 말에 미리 가서 친구를 기다렸다. 닷새 정도 프라하 시내 곳곳을 돌아다

여행자라면 한 번쯤 들르게 되는 천문 시계탑, 올드타운 광장

네 명의 성인이 수호하고 있는 기마상, 바츨라프 광장

니며 시간을 보냈다. 버킷 리스트였던 스카이다이빙도 하고, 뚜벅뚜벅 걸어서 관광 명소를 방문하는 팁 투어도 했다. 매일 흑맥주를 마시고, 월드컵 경기를 보기도 했다. 프라하에서 나름 많은 것을 했지만 누군가를 기다리느라 발목을 잡혔다는 생각 때문에 그 시간이 마냥 지루하게만 느껴졌다.

그러다가 정말 J를 만났다. 낯선 도시에서 마치 어제 만난 것처럼 손을 번쩍 들고 "하이!" 인사하는 J를 보자마자 웃음이 터졌다. 우리에게 허락된 시간은 겨우 반나절이었지만 그것만으로도 충분했다. 패키지 팀에 끼여서 저녁을 같이 먹고, 함께 야경을 보러 프

레트나 공원에서 바라본 블타바강과 도심 전경

라하 성에 올랐다. 조명에 물든 도시 풍경은 영화의 한 장면 같았다. 닷새간 매일 보았던 풍경인데, 확실히 혼자가 아닌 누군가와 함께 보는 풍경은 다르게 다가왔다. 그것도 J라니, 우리가 프라하에서 만나다니. 여행 한 번 같이 해본 적 없던 우리가!

이런 순간이 두 번 다시 오지 않을 걸 알기에 우리는 바츨라프 광장에서 사진을 찍고, 못다 한 대화를 나누었다. 도시를 적시는 따듯한 조명 때문인지 온 세상이 반짝반짝했다. 혼자 하는 여행이 편해서 훌쩍 떠나온 유럽이었지만, 친구와 함께 풍경을 바라보는 것도 나쁘지 않구나. 반나절이 순식간에 지나갔다.

J는 헤어질 때 울었다. 나도, 그녀의 엄마도, 함께 여행하던 패키지 일행과 가이드도 깜짝 놀랐다. 영영 못 볼 것도 아니고 이제 한 달 뒤면 한국에서 만날 텐데. 눈물을 뚝뚝 흘리면서 택시를 타는 친구를 보며 또 웃음이 났다. 남들이 보면 사귀는 줄 알겠네 하면서 J를 보냈다. 그날 숙소에 들어가서 일기를 썼다. 한국에 돌아가면 J와 여행을 떠나야겠다고. 훗날 어느 여름 끝 무렵에 나는 J와 킥보드를 들고 내일로 기차 여행을 떠났다. J는 알까. 내가 J와 함께 여행을 가야겠다고 프라하에서 다짐했다는 것을. _엄지희

홍콩에서 우리는 자유로웠다
홍콩

20년 지기 친구가 결혼 소식을 전했다. 최근 촬영용 웨딩드레스를 골랐다며 보내온 사진을 보고 있자니, 가슴이 찡해지며 우리가 함께 공유한 세월과 추억이 떠올랐다. 중학교 시절 독서실에서 숨죽여 웃으며 만화책만 보던 기억, 고등학생 때 소풍 전날 함께 옷 사러 다니던 기억, 그리고 20대가 되어 함께한 홍콩 여행의 추억 등등.

친구와 홍콩을 여행했던 때는 양조위와 탕웨이 주연의 영화, 〈색, 계〉가 흥행하던 시기였다. 우리는 영화를 본 후 배우 양조위의 가슴 절절한 연기에 흠뻑 빠져 〈화양연화〉와 〈중경상림〉까지 모두 찾아보았다. 영화의 배경지는 홍콩이었고, 우린 누가 먼저랄 것도 없이 여행 가자는 말을 꺼냈다.

홍콩은 신기한 곳이었다. 99년간 영국의 식민지였던 역사 때문인지 같은 아시아권이면서도 아시아 같지 않은 묘한 매력이 있었다. 세련된 건물들과 낡은 건물들이 마구 뒤엉킨 풍경 속 정돈된 간판들에 특히 시선이 머물렀다.

도착한 첫날, 우리는 〈중경상림〉에 나왔던 미드레벨 에스컬레이터를 타러 갔다. 녹색 에스컬레이터는 영화 속 그대로였다. 화면으로 보았던 배경과 같은 장소에 우리가 존재한다는 것이 기분 좋은 설렘을 안겨주었다. 좁은 거리 한가운데에 뻗어 있는 800미터 길이의 에스컬레이터는 소호와 센트럴 등 홍콩의 주요 관광지를 무료로 편하게 이동할 수 있도록 해준다. 중간중간에는 출구가 있어 주변을 둘러본 후 다시 탈 수도 있다.

밤이 되니 홍콩의 거리는 반짝였고, 사람들은 왠지 모르게 들떠 보였다. 여행 때문에 잊고 있었는데 우리가 홍콩에 도착한 날은 크리스마스이브 날이었다. 뒤늦게 무슨 날인지 자각한 우리는 홍콩의 파티 거리라는 란콰이퐁으로 이동했다. 크리스마스 장식으로 화려하게 꾸며진 수많은 바Bar가 우리를 반겼다. 특별한 날이라 그런지 좁은 거리는 사람들로 붐볐고, 신나는 음악이 곳곳에서 흘러나왔다. 어느 바에서는 한 외국인이 재즈를 라이브로 부르고 있었고, 다른 바에서는 광란의 춤 파티가 벌어지고 있었다. 사람들은 이 골목 안에서 제각각 자기 취향의 파티를 찾아 헤맸다. 이 이국적인 홍콩의 밤과 흥겨운 란콰이퐁의 분위기에 반해 이날을 시작으로 우

크리스마스 무렵 란콰이퐁의 어느 바

영화 〈중경삼림〉에 등장하는 미드레벨 에스컬레이터

리는 떠나기 전날까지 매일 밤 란콰이퐁을 찾았다. 자유로웠다.

세월은 빠르게 흘렀다. 우리도 한땐 즉흥적으로 여행을 떠나고 신나게 놀기도 했는데, 나는 유부녀가 되었고 친구도 유부 월드 입성이 머지않았다. 우리는 언제 또다시 함께 여행을 가고, 언제 또다시 홍콩에서처럼 자유롭게 즐길 수 있을까. 사랑하는 내 친구, 결혼 진심으로 축하하고 꼭 시간 내서 또 가자, 여행. _안소은

홍콩 밤거리를 즐기는 특별한 방법, 트램

아빠의 여행
방콕, 태국

망각의 늪을 무사히 건너 어제 일처럼 생생하게 떠오르는 여행이 몇 있다. 부모님과의 첫 해외여행도 그중 하나다. 우리는 모두 같은 여정으로 움직였지만 그 안에서 각자 다른 시간을 보냈다. 나는 특히 아빠의 여행을 관찰하는 일이 흥미로웠다.

출발 몇 주 전, 아빠는 여행 기자인 딸의 남아도는 캐리어를 굳이 마다하고 동묘에 가서 구제 배낭을 구매한 다음 출발 전날 셔츠, 반바지, 속옷 몇 장만 달랑 넣고 짐 싸기를 마쳤다. 세면 도구는 왜 안 넣느냐고 물으니 "호텔 가면 다 있잖아." 한다. "일회용 칫솔은 후지니까 쓰던 칫솔이라도 넣어." 했더니 무겁다며 사양했다. 결국 아빠는 최소한의 짐만 챙겨 공항에 나타났다.

여행 첫날 아침, 아빠는 해가 뜨자마자 바깥으로 나선다. 새벽에 도착하는 바람에 난생처음 와본 낯선 나라의 풍경을 제대로 못

짜오프라야강 위에서만 볼 수 있는 방콕의 진짜 일상

봐서, 태국이 어떤 나라인지 너무 궁금해서, 아빠는 혼자 뒷짐 지고 어슬렁 숙소 주변을 산책한다. 그리고 이 나라 애들은 아침에 뭘 먹는지, 그 음식 가격은 얼마인지, 그게 우리 나라 돈으론 얼마 정도 하는지, 저 어린애가 파는 무겁고 딱딱한 과일의 정체는 무엇인지, '한 번 먹어볼까? 음, 네 맛도 내 맛도 아니지만 시원은 하네, 딸내미나 사다 줘볼까?' 해서 코코넛을 30바트 주고 두 개 사서 숙소로 돌아온다. 늦잠 못 자 죽은 귀신 붙은 딸을 억지로 깨워 아침에 본 생경하지만 재미있는 풍경과 발견을 어린아이처럼 천진한 얼굴로 찬찬히 말해준다.

나도 편하고 엄마 아빠도 편하며 게다가 경비까지 저렴한 패키지여행을 이용하지 않은 건 순전히 "원할 때 마음대로 움직이고 싶다. 남들 다 가는 관광지 말고 거기 사람들 사는 모습이 궁금하다"고 어필한 아빠의 요구 때문이다. 왕궁과 사원, 한 번에 많은 걸 경험하길 좋아하는 한국인들이 방콕 여정에 꼭 붙이는 푸켓 나들이까지 모두 건너뛰고, 우리는(아빠는) 각종 시장에 집착했다. 덕분에 하루 2만 보씩 걷느라 발이 퉁퉁 부었고, 매일 밤 200바트짜리 발 마사지로 하루를 마감했다. 팁은 40바트만 줘도 된다고 당부했지만 아빠는 '너무 시원해서 좋다'는 이유로 매번 100바트를 뿌린 후, 푼돈으로 사치하는 기분을 느낄 수 있어 행복하다고 말했다.

방콕 시장의 꽃 '짜뚜짝'에선 혼자 여행 온 기분을 느끼고 싶다며 홀연히 사라졌다. 그러고서 아빠는, 엄마와 내가 예쁜 찻잔과 가족들에게 줄 선물을 고르는 동안 시장 옆 공원까지 구경 갔다 돌아와 탱고 음악이 흘러나오는 스페인 음식점 앞에서 젊은 서양인 백패커들과 춤판을 벌였다. 엄마는 "같이 왔으면 다 같이 다녀야지, 자기 혼자 재미있게 논다"고 핀잔을 주었다. 내가 "엄마, 한국에선 아빠가 혼자 어딜 안 가고 꼭 같이 가자고 해서 너무 피곤하다고 하지 않았어?" 물어도 못 들은 척하면서.

카오산 로드에서 아빠는 자꾸 광장이 어디 있느냐며 찾았다. 왜 그러는지 물었더니 분수대 앞에서 기타 치고 노래하는 히피 같은 애들이 보고 싶단다. "그런 풍경은 유럽에나 있는데. 여긴 광장 같은 거 없어." 했더니 실망을 감추지 못했다(유럽은 동생이 보내줄 거야, 아빠).

끼니는 생전 동남아 음식을 겪어보지 못한 부모님에게 가장 큰 난관이었다. 푸드 코트를 한 바퀴 돌다가 "아저씨, 이거 짬뽕! 한국 짬뽕!"이라고 농친 장사꾼한테 속아 호기롭게 똠양꿍을 시켰다가 '짐승 내장으로 끓인 탕 맛(아빠의 표현이다)'에 큰 충격을 받기도 했다. 그날 저녁 수쿰윗 소이 12의 한인 타운에서 닷새 굶은 사람처럼 한식을 흡입하는 부모님의 모습을 보고 마음이 조금 짠했다.

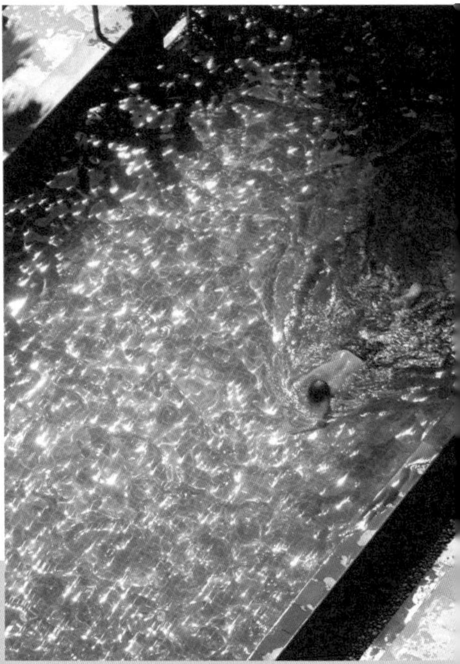

호텔 발코니에서 볼 수 있는 흔한 풍경

우리나라의 1960, 1970년대 풍경과 꼭 닮은 태국 차이나타운의 노포

마지막 날, 지난 사흘의 여독을 깨끗이 풀어줄 스파 스케줄을 앞두고 아빠는 신소리를 했다.

“오늘 푸켓 가는 거 어때?”

여행 전 도시 말고 바다도 보고 싶으면 푸켓 하루 투어를 예약하겠다고 세 번쯤 권했을 때 “아빠는 물 별로 안 좋아해”라고 분명히 거절했으면서. 가차 없이 제안을 묵살하고 두 시간짜리 커플 스파를 선사했더니, 잘 받고 나와서 “나는 200바트짜리 발 마사지가 더 나은 것 같다”고 해서 돈 쓴 사람(5000바트짜리 고급 스파였다) 열받게 했다. 그 밖에도 생각나는 에피소드가 많지만 쏟아내자면 한이 없어서 여기까지만 읊겠다.

우연히 텔레비전 예능 〈꽃보다 할배〉 재방송 중 낯선 도시 식당에서 음식 주문하는 일에도 긴장감을 감추지 못하는 할배들을 보며 새삼 모험심과 무모함을 다 갖춘 총체, 나의 아빠가 떠올랐다. 우리 아빠가 1954년 전후 대한민국이 아니라 런던이나 파리의 귀족가 막내아들로 태어났다면 아주 멋진 히피가 됐을 텐데. 효도 관광으로 출발한 이 여행은 뜻밖에 나의 아버지를 당신의 청년 시절로 데려다놓았다. 거기에서 내가 본 건 환갑 넘은 아빠가 아니라 철없고 호기심 많은 20대 청년이었다. _류진

엄마와 해피엔드

파리, 프랑스

처음 엄마와 단둘이 여행을 떠난 건 내가 교환 학생 때였다. 그때까지 먹고사는 일만 해도 마음이 바빠 해외여행은 사치라고만 여겼던 엄마는 '먼 곳에 있는 딸이 잘 있는지도 확인할 겸 다녀오라'는 아빠의 말에 등 떠밀려 프랑스 파리행 비행기에 올랐다. 엄마가 오기로 한 순간부터 내 마음은 기대 반, 부담 반이었다. 생애 첫 타지 살이에 적응하느라 지칠 대로 지쳐 있었던 터, 존재 자체가 애틋한 엄마의 방문은 물론 반가웠다. 하지만 어떻게 해야 일주일 남짓한 엄마의 소중한 시간을 만족스럽게 채워줄 수 있을지 심히 고민이 되었다. 여행 전 통화하며 작전 회의를 할 때마다 엄마와 나는 서로 대답은 않고 각자 궁금한 것을 묻기 바빴다.

"편하게 등산복만 가져가려는데 괜찮겠지?"

"엄마 뭐 하고 싶어?"

(위) 볼 때마다 새로운 에펠탑
(아래) 항상 많은 인파로 북적이는 루브르 박물관

"돈은 더 필요 없니? 환전해가야 할까?"

"엄마는 가고 싶은 데 더 없어?"

디데이가 밝았고, 엄마는 혼자 비행기를 타고 여덟 시간을 날아 파리에 무사히 도착했다. 공항에서 반갑게 인사를 나눈 것도 잠시, 공항 버스에서 내려 시내 버스로 갈아탄 순간부터 불길한 조짐이 보였다. 당시 나는 기숙사에 살고 있어 따로 엄마와 지낼 스튜디오를 마련했는데 하필 가는 길에 흑인들이 많이 거주하는 동네를 지나야 했다. 버스에 승객이 늘어날 때마다 엄마는 불안한 기색을 감추지 못하다가 한마디를 했다.

"엄마는 좀 무섭네. 너는 어떻게 이런 곳에서 사니?"

나는 바로 핀잔을 주었다.

"엄마 저 사람들은 여기 주민이야. 저 사람들이 보기엔 우리 같은 이방인이 오히려 무섭지 않을까? 그런 얘기 어디가서 했다간 큰일 나. 그거 인종 차별이야."

파리에서 생활하며 종종 아시아인이라는 이유만으로 차별을 겪기도 했던 나는 인종 차별 이슈에 한껏 예민해져 있었다. 하지만 쭉 한국에서만 살아온 엄마는 그렇지 않았다. 무서운 건 그냥 무서운 거였다. 멀리 떨어져 있는 동안 잊고 있었을 뿐, 우리 모녀에게 다름은 틀림의 문제였다. 나는 나고 엄마는 엄마일 뿐인데, 우리는 평소 늘 서로 옳다고 주장하다 싸우기 일쑤였다.

파리의 상징이라는 에펠탑에 갔을 땐 각자의 감정이 최고조에 달했다. 나는 분에 못 이겨 파리 한복판에서 엄마에게 고래고래 소리를 지르고 말았다. 사건의 발단은 루브르 박물관에 엄마를 혼자 둔 것이었다. 당장 다음 학기에 살 집을 계약해야 했던 나는 집주인 스케줄에 맞추느라 잠깐 시간을 내야 했다. 왔다 갔다 하는 시간이 아까우니 엄마는 관광할 수 있도록 배려한 건데, 그게 정작 당신한텐 서운하고 두려운 경험이었던 듯했다. 내가 계약을 마치고 돌아오자 엄마는 다짜고짜 호통을 쳤다.

"아니 아무리 그래도 그렇지, 엄마를 혼자 두고 가니! 국제 미아 되는 줄 알았네."

고작 두세 시간이었는데, 그것도 구경거리가 널린 루브르 박물관에서. 게다가 앞으로 지낼 집을 계약하느라 어쩔 수 없었는데. 나는 나대로 내 사정을 이해해주지 못하는 엄마가 밉기만 했다. 결국 다음 코스인 에펠탑으로 걸어가는 동안 우리는 치열하게 다퉜고, 내 안의 섭섭함이 폭발해버렸다. 그 유명한 에펠탑도 보는 둥 마는 둥 저녁 식사 시간까지 우리는 서로 말도 없이 냉랭하기만 했다.

이후에도 여행 기간 내내 우리는 여러 번 싸웠지만, 돌이켜보면 그것조차 잊을 수 없는 추억이 되었다. 그리고 엄마는 첫 해외여행을 계기로 여행의 매력에 빠져 내가 시간이 날 때마다 함께 국내외 여행을 다니게 되었다. 점점 횟수가 늘다 보니 놀랍게도 최근 들어선 다툼이 줄어들었다. 나는 나대로, 엄마는 엄마대로 여행을 즐기고 서로를 여행 메이트로서 좀 더 배려하고 존중하는 법을 터득한 걸까. 아마도 내가 이제야 철든 것일 테지만. 좀 할 만하다 싶었더니 여행 자체가 기약 없는 일이 되어버렸다. 다시 한 번 엄마와 여행을 가게 된다면 그때야말로 진정한 해피엔드를 맞이할 수 있을 것 같다. _양슬아

나의 영원한 브이아이피,
사랑하는 엄마

숙소 사냥꾼

점점, 다방면으로 욕심이 많아진다. 나이가 들수록 몸과 마음을 비워야 한다는데 덜어내진 못하고 쌓기만 한다. 즉, 가난한 여행자의 첫 번째 덕목인 '가뿐함'과는 거리가 멀어지고 있다. 엘시시LCC, Low Cost Carrier 항공사와 이코노미 클래스의 좁은 좌석 간격을, 15~23킬로그램의 턱없이 부족한 수하물을, 3성급 호텔 스탠더드 룸의 평균 그 이상도 이하도 아닌 시설을 견디기가 힘겨워지는 것이다. '이 정도는 누려야 하지 않을까?'라는 생각이 여행을 가로막고, 여행을 떠나기로 어렵게 결심을 하고 나서도 이것저것 저울질하느라 하루에도 수백 번씩 검색창을 들여다보며 주저한다.

하지만 가난한 여행자에겐 선택권이 별로 없다. '가성비 좋은' 무언가는 거의 환상에 가깝다는 걸 알면서도 모르는 척할 뿐이다. 자본주의 사회에선 그만한 예산에 그만한 보상이 따를 수밖에. 그러

단출하지만 아늑했던 파리 호텔

암스테르담 호텔 방 한가운데
자리 잡은 개방형 욕실

므로 성공적인 여행을 위해 타협이 필수다. 아낄 수 있는 것에서 아낀 만큼 포기할 수 없는 것에 투자하는 '선택과 집중'을 적극적으로 실천해야 한다. 개인적으로는 숙소가 후자에 해당한다. 엘시시를 타고 가벼운 배낭을 메고 떠날지언정 허름하기만 한 방에서 몇 날 며칠을 묵는 일은 용납이 안 된다.

첫 유럽 배낭여행에서도 그랬다. 우리 일행 넷은 곧 죽어도 호스텔이 아닌 호텔을 택하기로 합의했다. 대학생 4인이 함께 머물 수 있는, 합리적인 가격의 호텔방을 찾는 일은 결코 쉽지 않았지만 우리의 고집 역시 만만치 않았다. 결국 준비 과정에서 가장 많은 시간과 노력을 들여 런던, 파리, 바르셀로나, 로마, 피렌체, 베네치아, 암스테르담 어딘가에 있는 호텔에 우리의 거처를 마련하고야 말았다.

당시엔 호텔 예약 사이트도 지금처럼 발전하지 않았을 때라 우리는 아주 기본적인 설명과 몇 장의 사진만을 확인한 뒤 예약했다. 그렇게 고르고 고른 호텔들은 저마다 개성이 넘쳤다. 훈남 직원이 있지만 엘리베이터가 없는 호텔, 지하철역 가까이에 있어 지하철이 지나갈 때마다 지진이 난 듯 방이 흔들리던 호텔, 미로 같은 돌길을 돌고 돌아야 나오는 호텔 등 하나같이 범상치 않은 곳들이었다. 우리는 일정 내내 '다음 호텔은 도대체 어떤 곳일까?' 기대하며 우리만의 별점을 매기는 데 심취했다. 마지막 도시인 암스테르담의 로이드 호텔은 말 그대로 대미를 장식했다.

호텔에 들어간 지 얼마 되지 않아 우리는 당황하기 시작했다. 4인용 방이 없어 2인용 방 두 개를 예약했는데 그게 확인되지 않는다는 게 아닌가. 제대로 확인을 해보지도 않고 우리 일행 잘못인 듯 이야기하는 직원의 태도에 불쾌했다. 마치 기숙사생들을 꾸짖는 사감처럼 단호하고 강경한 대응에 우리는 기분이 상할 대로 상했다. 결국 어찌어찌 예약이 확인되어 방을 배정받은 우리는 방문을 여는 순간 또 한 번 놀랐다. 전체적으로 어두운 톤을 사용해 다소 음침한 분위기의 방 한가운데에 샤워기가 있었기 때문이다. 인테리어 소품일 거라고 애써 마인드 컨트롤을 해보려 했지만, 아래쪽 밸브를 돌리자 샤워기에선 야속하게도 물이 콸콸 쏟아졌다.

알고 보니 로이드 호텔은 감옥을 개조한 곳으로 유명세를 얻었다고. 세계적인 건축가 그룹 엠브이알디브이MVRDV를 비롯해 유명 네덜란드 디자이너들이 리노베이션에 참여해 그야말로 환골탈태했다는 이곳은 세계 최초로 1성부터 5성급 객실이 공존한다. 이런 사전 지식이 없던 우리는 그저 가격에 혈안이 되어 3성급 이하에 해당하는 방을 선택한 것이었다. 느낌 있는 건물과 인테리어를 보자마자 한껏 기대에 부풀었는데, 역시 행운은 쉽게 찾아오는 것이 아니었다. 그날 밤, 친구와 나는 난생처음으로 개방형 욕실에서 번

갈아 샤워를 했다. 우리는 씻는 내내 서로가 뻔히 보이면서도 '뒤돌아 있는 게 확실하냐'고 계속 묻곤 했다.

그 뒤로 지금까지 나는 숙소에만큼은 사치 아닌 사치를 부린다. 사실 이제는 빽빽한 일정을 소화하기보다는 온전한 휴식을 취하는 여행이 필요한 나이이기도 하니 더욱 그렇게 되는 듯하지만. 낯선 나라, 낯선 도시에서 그 어떤 것도 의식하지 않고 내 한 몸 편안하게 뉘일 곳이라곤 숙소뿐이지 않은가. 그래서 나를 200퍼센트 충족시키는 숙소를 기꺼이 찾고 또 찾아 헤매는 사냥은 언제까지나 진행 중이다. _양슬아

호텔 투어의 시작점이었던
런던 호텔

도대체 라면이 뭐라고

타이베이, 대만

친구들끼리 여행을 가면 잊지 못할 추억이 저절로 쌓인다. 물론 서로 의견이 맞지 않아 토라지거나 싸우는 경우도 있다. 조금 우스운 사실은 싸우게 되는 이유가 참 별거 아니라는 거다. 우정을 쌓기 위해 간 여행에서 우리는 왜 별일 아닌 것으로 서로에게 삐지는 걸까?

학창 시절부터 친했던 단짝이라도 성격이 다르고 취향이 다르다. 오랜 기간 친구로 지내며 서로의 성격을 잘 알기에 이해하고 배려하는 것뿐. 이 이해와 배려 덕분에 평상시에는 크게 문제될 만한 일들이 생기지 않는다. 하지만 환경이 다른 낯선 공간에 며칠 동안 머물면 상황이 달라진다. 별일 아닌 것들이 상대방에 대한 서운함으로 차곡차곡 쌓인다.

'차도회'. 이름만 들으면 마시는 '차'와 관련된 모임인가 싶지만 '차가운 도시 여자들의 모임'이라는 뜻. 고등학교 1학년 때부터 친

멀리 보이는 타이베이 101타워와 노란 택시

하게 지낸 친구들과의 모임이다. 16세에 만난 우리가 30대 중반이 되었을 때, 처음으로 함께 해외여행을 떠났다. 나를 포함하여 세 명이 대만으로 3박 4일간 떠난 여행이었다. 친구 중 한 명이 글로벌 체인 호텔에 근무한 덕분에 타이베이의 고급 호텔에서 무료로 머물렀다. 직원들에게는 1년에 몇 박을 이용할 수 있는 무료 숙박권이 나오는 터라 호사를 누렸던 것이다.

친구들과 호텔 체크인을 하고 타이베이 관광에 나섰다. 그런데 그때부터 사소한 것으로 의견이 부딪혔다. 나는 시내에 나갈 때 지하철을 타고 가자 했고, 호텔리어 친구는 택시로 가자고 했다.

"여행 왔으니까 그 나라의 대중교통을 타보는 것도 좋은 경험이잖아."

"앞으로 많이 타게 될 거야. 지금은 나 너무 힘드니까 택시 타자."

"여행 시작도 안 했는데 벌써부터 뭐가 힘들어?"

이렇게 티격태격하다가 다른 친구 명숙의 중재로 지하철을 타고 시내로 이동했다. 시내에 가서는 아무 일 없던 것처럼 사진 찍고 쇼핑하며 즐겁게 돌아다녔다. 그러나 호텔에 돌아와서 또 문제가 생겼다. 나와 명숙은 라면이 몹시 먹고 싶은데, 호텔리어 친구는 호텔 방에서 절대 라면을 먹으면 안 된다고 했다. 라면 냄새는 방에서 잘 안 빠지기 때문에 호텔 직원들이 싫어한다는 게 그 이유였다.

노선이 다양하고 시설도 깨끗한 타이베이의 지하철

"창문 살짝 열어놓으면 되잖아."

명숙이 말했지만 그녀는 단호했다. 그래도 우리는 라면을 포기할 수 없었다. 결국 나와 명숙은 호텔방을 나와버렸다. 그 길로 근처 편의점에 가서 컵라면을 샀다. 편의점 안에 먹을 수 있는 자리가 없어서, 편의점 앞 길가에 쭈그려 앉아 컵라면을 먹었다. 라면 국물이 들어가니 살 것 같았다. 지나가는 사람들이 흘끔흘끔 쳐다보는 것이 느껴졌지만, '우린 여행 중이니까 좀 봐주세요'라는 심정으로 끝까지 먹었다. 호텔방에 들어가서도 한동안 냉랭한 분위기가 유지되었다. 그 이후 여행을 마칠 때까지 우리는 별것 아닌 일들로 미묘한 신경전을 몇 번 벌였다.

한국으로 돌아가는 공항에서 마음속으로 결심했다. 다시는 친구들과 여행하지 않을 거란 다짐. 이 결심 때문인지 그 이후로 친구들과 여행한 적이 없다. 그런데 신기한 일이 있다. 친구들과 대만을 여행하며 아웅다웅했던 일들은 시간이 지날수록 우리의 추억거리로 더 많이 회자된다는 것이다. '우리 참 철없었구나, 우리 너무 유치했지'라며 서로 웃곤 한다. 비록 한 번의 여행이었지만 다녀오길 정말 잘했단 생각이 든다. 이 추억 덕분에 먼저 하늘나라로 떠난 호텔리어 친구를 떠올린다.

"은진아, 그곳엔 우리처럼 호텔방에서 라면 먹겠다고 떼쓰는 친구 없지? 오늘따라 더 보고 싶다." _김유미

영화보다 더 영화 같은 마을

팔라조 아드리아노, 이탈리아

누구나 인생 영화 한 편은 있기 마련이다. 남편의 인생 영화는 〈시네마 천국〉이다. 남편은 언젠가는 꼭 인생 영화의 촬영지인 팔라조 아드리아노로 여행을 떠날 것이라며 주문처럼 외곤 했다. 그리고 자신의 마흔 몇 번째 생일을 정말 그곳에서 보냈다.

〈시네마 천국〉이 주는 향수에 젖은 여행자들은 성지처럼 이곳을 찾는다. 그리고 한두 시간 돌아본 후 다음 여정을 이어간다. 한두 시간 머문다는 건 볼 것이 그만큼 한정적이라는 뜻이기도 하다. 그런 곳에 우리 부부는 사흘이나 머물렀다. 이 마을은 번듯한 숙박 시설도 그렇다 할 레스토랑도 부족해서 선택의 여지가 없는 곳이다. 숙소라고는 2성급 호텔이 전부이고 레스토랑은 호텔에서 함께 운영 중인 피자집 하나뿐. 하지만 남편에게 그런 건 전혀 문제가 되지 않았다.

움베르토 1세 광장 내 분수에 걸터앉아 담소를 나누는 노인들

영화 〈시네마 천국〉 속 장면을 휴대폰에 저장해온 남편

여행할 때 남편은 무언가를 특별히 준비하는 편이 아니다. 그런 그가 영화 속에 등장하는 이 마을 사진을 휴대폰에 저장해왔다고 하기에 새삼 놀랐다. 여행자 대부분은 '파라디소 극장'이 있던 마을 광장만 기억하는데, 남편의 휴대폰에 담긴 마을 속 장소는 꽤 다양했다. 극장은 극 중 불타 없어진 곳이라 흔적조차 찾을 수 없었지만 불과 몇 시간 만에 영화 속 장소를 모두 찾았다. 어린 토토의 집, 청년 토토가 앉아 고민하던 교회 계단 앞과 편지를 읽던 바위, 알프레

도와 대화하던 문 앞 등 눈썰미가 좋은 건지 영화에 미친 것인지 모를 만큼 남편은 어렵지 않게 찾아냈다. 마을을 떠나던 날에는 극 중 어린 토토가 살던 집의 실제 주인을 우연히 만나 집 내부를 살펴볼 수 있는 뜻밖의 기회도 얻었다.

〈시네마 천국〉은 1988년에 개봉한 영화다. 30년이라는 시간이 흘렀지만, 영화 속 마을은 30년 전과 비교해 달라진 게 없었다. 두 개의 교회와 시청, 작은 우물이 있는 움베르토 1세 광장은 영화 속처럼 마을 주민들의 '만남의 광장'이었다. 또 예나 지금이나 차선, 신호등 하나 없지만 클랙슨을 울리는 사람이나 교통 체증 같은 건 찾아볼 수 없었다.

마을 주민들은 순박하고 자상했다. 여행자가 왜 자신들의 마을을 찾는지 매우 잘 알고 있었고, 낯선 여행자에게 먼저 다가와 영화 이야기를 건네는 친절함을 보이기도 했다. 영화가 아니면 몰랐을 작은 시골 마을 팔라조 아드리아노가 영화보다 더 영화 같은 모습으로 기억에 저장되었다. 낯선 곳에서 만나는 일상이 영화처럼 와닿을 때, 나는 깨닫는다. 아! 나는 여행 중이지 하고. 언젠가 다시 이곳에 간다면, 영화 때문이 아니라 영화보다 더 영화 같았던 그 분위기에 취해 가는 것일지도 모르겠다. _박성혜

프라하의 어느 재즈 바에서

연인과 여행을 떠나야 하는 이유

흔히들 말한다. 연인과 함께 여행을 떠나봐야 상대의 진짜 모습을 알게 된다고. 어떤 취향을 가졌는지, 삶을 대하는 태도는 어떠한지, 세상을 보는 시야가 얼마나 넓은지, 공감 능력과 위기 대처 능력은 얼만큼인지 확인하고 싶다면 일단 떠나야 한다. 달콤한 휴양지보다는 체력 소모가 많은 일정이나 극한의 상황이 들이닥치는 여행에서 상대방과 나의 진짜 모습을 만날 수 있다.

여행하는 동안 우리는 상대방에 대하여 많은 것을 보고 느끼게 된다. 여행 계획을 꼼꼼히 세우는 타입인지, 여행 준비를 할 때 적극적으로 나서는 타입인지, 나 몰라라 방관하는 타입인지, 여행 계획을 시간 단위로 짜는지, 꼭 해야 할 일만 순서대로 정해두는지, 가고 싶은 곳과 하고 싶은 것을 무조건 주장하는지, 상대방의 의견에 귀 기울이고 타협할 줄 아는지, 단둘이 차를 타고 가면서 얼마나 수다를 떨 수 있는지, 정적이 발생하면 어색함을 어떻게 풀어가는지, 음악 취향은 비슷한지, 라디오를 듣다가 같은 부분에서 빵 터지는지, 운전하면서 입이 험해지지는 않는지, 차가 막혀서 생긴 스트레스를 연인에게 풀진 않는지, 고속도로가 꽉 막혔을 땐 휴게소에서 한숨 쉬었다 가는 여유가 있는지, 바다를 좋아하는지 산을 좋아하는지, 바다를 만나면 발이라도 담그는 타입인지, 그저 모래사장에 서서 바다를 감상하는 것만으로도 충분한지, 사람이 바글바글한 관광지에서 내 손을 놓지 않는지, 이곳저곳 탐험하듯 구경하기를 좋아하는지, 가이드북에 나온 곳만 딱딱 찾아가는지, 정해둔 일정이 틀어지면 안절부절못하는지, 흘러가는 대로 여행하자는 주의인지, 가다가 자꾸 멈춰 서서 습관적으로 사진을 찍는 나를 이해해주는지, 미술관이나 박물관을 좋아하는지, 새로운 주제를 흥미롭게 관찰하는지, 동물을 좋아하는지, 꽃과 나무를 소중히 여기는지, 가만히 머물러 있기를 좋아하는지, 한시도 쉴 틈 없이 바쁘게 움직이는 타입인지, 여행지에서 꼭 먹어야 할 음식에 집착하는지, 가성비를 중시하는지, 언제 다시 올지 모르니 가능한 한 즐기자는 주의인지.

매일 만나는 당신에 대해 미처 몰랐던 사소한 발견들이 이어진다. 함께 길 위에서 써 내려간 많은 이야기들과 우리만 아는 작고 소중한 추억들이 쌓여갈 때마다 당신이 더욱 소중해진다. 여행이라는 특별한 시간 덕분에 나는 당신을 더욱 깊이 알게 되었다. 우리는 많이 다르지만 생각보다 잘 맞는다는 것, 힘든 상황이 닥쳤을 때 당신이 절대 내 손을 놓지 않으리라는 것도.

이것이 바로, 연인과 여행을 반드시 떠나야 하는 이유다. _김영미

파리 루브르 박물관의 뒤집힌 피라미드, 프랑스

윈난성 람월곡과 옥룡설산 풍경, 중국

chapter 3

여행이니까, 한 번쯤은

경계와 착각 사이

방콕, 태국

"마담, 아 유 앵그리?"

핑크색 택시를 모는 청년이 내 눈치를 슬금슬금 살피며 서툰 영어로 묻는다. 뒷좌석에 앉은 부모님이 흥미로운 눈으로 이 긴장된 상황을 관찰한다.

"아니요, 왜요?"

"아까부터 화가 난 것처럼 보여요. 이름이 뭐예요?"

'얘가 왜 이래. 뭔 수작을 부리려고.'

통성명 같은 건 하고 싶지 않았지만 뒷좌석에 앉은 부모님을 생각해 억지로 친근함을 쥐어짰다.

"진이에요. 뒤에 앉은 사람은 우리 엄마, 아빠고요(그러니까 수작 부릴 생각 마)."

"진이 가는 동네는 마사지로 유명해요. 그런데 디바나는 너무 비

방콕에 왔음을 실감케 하는 촌스러운 핫핑크색 택시

평화로운 낮잠에 빠진 툭툭 아저씨

싼 곳이야. 내가 다른 좋은 데 알려줄까요?"

이미 예약했으니 필요 없다고 단칼에 거절했다. 실은, 땀에 절은 옷을 입고 맨발로 액셀러레이터를 밟는 이 능글능글한 청년이 탐탁지 않았다. 나의 무뚝뚝한 태도에 굴하지 않고 방콕이 처음이냐, 어디 어디 다녀왔느냐 따위의 질문을 던지며 계속 말을 걸던 그가 갑자기 목에 걸고 있던 목걸이를 풀어 내게 건넸다.

"이거 선물이에요. 피곤할 때 여기 어깨를 이 돌로 꾹꾹 눌러주면 좋아요."

능글맞은 툭툭 기사들과 유쾌한 기싸움을 하는 재미를 맛보려면 흥정이 필수

필요 이상의 친절에 온갖 생각이 다 들었다.

'얘가 왜 이러지? 팁을 달라는 건가? 추근대는 건가? 뒤에 우리 아빠가 보고 있는 거 안 보이나?'

우물쭈물하다가 거절할 타이밍을 놓쳐서 그 꼬질꼬질한 목걸이를 손에 쥐고 택시에서 내렸다. 가질 수도 없고 버리기도 애매해서 아빠 가방에 던져버리고 스파 센터로 들어갔다. 두 시간 동안 천사의 손에 몸을 맡기고 나와 차를 마시는데, 아빠가 조심스럽게 말을 꺼냈다.

"이거 말이야. 걔가 너한테 딴 목적을 갖고 준 건 아닌 거 같아."

"왜?"

"팁을 달라고 한 것도 아니고 뭘 요구하지도 않았잖아. 우릴 안전하게 잘 데려다줬고. 아까 뒤에서 보니까 네가 너무 경직됐더라. 사람을 지나치게 경계하고. 걔 눈엔 그게 좀 안돼 보였나?"

"나한테 집적댄 게 아니라고?"

"뒤에 엄마 아빠 있는데 설마 그랬겠어? 그리고 네가 그렇게 집적대고 싶을 만큼 대단히 예쁘진 않아."

뼈를 때리는 직언에 적당한 대꾸를 못 찾고 남은 차를 홀짝이며 생각에 잠겼다. 도시를 여행할 때마다 내가 아주 자주, 하이에나를 경계하는 부시벅처럼 신경을 곤두세우는 건 안다. 날치기, 소매치기, 바가지가 남의 일이 아니니까 단돈 1천 원도 손해 보지 않으려고 목숨 내놓고 싸우며 분노를 게워낸 날들. 그땐 이겼다고 착각해서 의기양양, 자랑스럽게 무용담으로 포장해 주변에 늘어놓기 바빴는데. 시무룩하게 앉아 있는 나를 지켜보던 엄마가 위로를 건넸다.

“회사를 그만두면 너도 예전처럼 착해질 거야.”

예민하고 오만한 나의 못난 면을 들킨 것 같아 얼굴이 달아올랐다. 아빠에게 목걸이를 다시 달라고 했다. 책상 앞 벽에 걸어두고 볼 때마다 흉한 나를 곱씹고 반성하고 싶어서. 방콕 드라이버여, 미안. 네 이름을 묻지도 않아서. 매력적이지도 않은 주제에 추파라고 착각해서. 그리고 그 착한 마음을 악의로 받아들여서, 미안. _류진

우리는 결국 통했다

나고야, 일본

해외여행을 가면 우리말을 쓸 수가 없다. 내가 그 나라 말을 잘할 수 있으면 좋겠지만, 그러지 못하기에 전 세계 공용어인 영어를 쓴다. 완벽한 문장은 아니어도 간단한 영어 단어나 제스처로 통하는 경우도 많다. 요즘은 스마트폰의 통번역 애플리케이션을 이용하기도 한다. 하지만 스마트폰이 없던 시절에도 우리는 여행했고, 간혹 전혀 소통이 되지 않아 난감한 상황에 놓이기도 했다. 끝까지 통할 것 같지 않던 순간, 우리의 머리에서는 번뜩이는 생각이 떠올랐고 결국에는 통하게 되었다.

말이 통하지 않는 건 나도 답답하지만 상대방도 무척 난감할 것이다. 예능 프로그램의 단골 소재 중에 맨 앞사람이 헤드폰을 낀 뒷사람에게 단어를 말하는 게임이 있다. 뒷사람은 헤드폰에서 나오는 음악 때문에 앞사람이 말하는 소리를 들을 수 없다. 입 모양을

(위) 대관람차가 있는 선샤인 사카에 쇼핑센터
(아래) 저녁 시간 나고야 시내 전경

보고 추측할 뿐이다. 엉뚱한 단어를 말하는 경우가 많지만, 최대한 서로의 입 모양에 집중해서 통하려고 노력한다. 낯선 여행지에서도 비슷하다는 생각이다. 서로 말이 통하지 않는 답답함을 풀기 위해 그 순간만큼은 서로의 에너지를 모은다. 그렇게 힘을 모으고 모아 우리는 레오나르도 다빈치와 같은 창의력을 발휘하게 되는 게 아닐까.

2006년 파리로 떠나기 전 남편과 나는 나고야에서 1박을 했다. 가성비 좋은 비행기표를 찾다가 일본 항공을 예약했기 때문이다. 인천 공항에서 일본 중부 공항이 있는 나고야까지는 두 시간 남짓 걸렸다. 중부 공항에 내려 지하철을 타고 항공사가 제공하는 호텔로 이동했다. 호텔은 공항과 나고야 시내 사이의 작은 동네에 있었다. 남편과 나는 일단 짐을 풀고 주변을 둘러보았다. 관광지가 아니다 보니 편의점 외에는 눈에 들어오는 곳이 없었다.

우리는 나고야 시내로 가보기로 하고 다시 지하철을 탔다. 시내에 나가니 우리가 일본에 온 게 맞구나 싶었다. 화려한 네온사인, 고층 빌딩들, 바쁘게 움직이는 사람들이 보였다. 사실 나고야는 잠깐 잠만 자고 나올 곳이라고 생각해서 따로 여행 준비를 하지 못했다. 그러니까 어디가 맛집이고, 어디를 꼭 가봐야 한다는 정보가 전혀 없었다. 우리는 발길 닿는 대로 이곳저곳을 돌아다녔다. 저녁 시간이라 이미 어두워진 상태였고 배도 고팠다.

"이제 저녁 먹으러 가자."

"어디로 가지?"

"메뉴판 보고 맛있어 보이는 음식 사진이 있으면 들어가보자."

우리는 여러 식당을 기웃거리다 적당한 곳을 발견했다. 어느 식당 앞에 놓인 메뉴판을 보니 음식들이 먹음직스러워 보였던 것이다. 바로 식당으로 들어갔다. 얼마 뒤 앳되어 보이는 남자 종업원이 와서 주문을 받았다. 우리가 분명 일본 사람이 아니라는 걸 알 텐데, 그는 계속 일본어로만 말했다. 다행히 메뉴판에 사진이 있어서 우리는 손가락으로 그것들을 가리키는 것으로 주문을 마쳤다. 문제는 다음이었다. 목이 말랐던 남편이 종업원에게 말했다.

"워러 플리즈Water Please."

그런데 종업원이 못 알아듣는 것이었다. 미국식으로 '워러'라고 발음해서 그런가 싶어 '워터'라고 다시 말했다. 그래도 알아듣지 못했다. 워러와 워터를 번갈아 몇 번을 말했지만 소용없었다. 그 종업원도 답답해하기는 마찬가지였다. 나는 손으로 물 마시는 제스처를 보여주었다. 내 표현력이 부족해서일까. 그 역시 종업원이 알아차리지를 못했다. 그 순간 남편이 테이블에 놓여 있던 종이에 글자를 적었다. 그 글자를 본 종업원은 환한 미소를 짓더니 고개를 끄덕였다. 종이에는 한자로 '물 수水'가 적혀 있었다. 잠시 뒤 종업원은 시원한 얼음물을 우리에게 갖다주었다.

스마트폰이 대세가 된 요즘, 우리가 나고야에서 했던 경험을 또다시 할 수 있을까? 아마도 쉽지는 않을 것이다. 물론 여행을 다니다 보면 스마트폰이 방전될 수도, 갑자기 와이파이가 불안정할 수도 있다. 하지만 그때도 너무 당황하지는 않을 듯하다. 반드시 통하겠다는 마음으로 집중하다 보면, 진짜 통하는 순간이 온다는 걸 이미 경험했으니까. _김유미

아는 척하지 않는 사이

포틀랜드, 미국

유럽, 미국, 동남아시아 어디든 여행지에 가면 그들과 우리는 서로 마주쳤다. 먼발치에서 점점 다가오는 그들. 바로 한국 사람이었다. 그들도 분명 우리가 한국 사람이라는 걸 눈치챘을 것이다. 그렇지만 우리는 애써 아는 척하지 않았고, 가벼운 눈웃음조차 짓지 않았다. 오히려 '다가와서 말을 걸면 어쩌지'라고 염려했다. 그들도 비슷한 생각을 하는 듯했다. 우리가 먼저 그 자리를 떠나주기를 바랐는지도 모른다.

여행지에서 만나는 한국 사람과 아는 척하고 싶지 않은 이유는 무엇일까? 자유롭기 위해 떠나온 여행에서 익숙했던 것들에게 구속당하고 싶지 않기 때문 아닐까. 여행지에서 나는 이방인이다. 나의 말을 알아듣지 못하는 그 나라 사람들은 나에 대해 별 관심이 없다. 하지만 그곳에서 만나는 한국 사람들은 다르다. 대화를 하며 서

이탈리안 피자를 파는 푸드 트럭

DON PEDRO
MEXICAN FOOD
Breakfast Burrito
All Day!
$5.50
PIONEER DISTRICT
PORTLAND

저녁 식사 시간을 기다리는 푸드 트럭의 여유로운 한때

로를 빠르게 파악하려 하고 또 평가까지 한다. 직업이 무엇인지, 몇 살인지, 학교는 어디를 나왔는지 은근히 떠보는 것이다. 한국 사회에서는 그러려니 넘길 수 있는 일이지만 여행 와서까지는 싫다. 무언가에 묶이는 답답함에서 잠시라도 벗어나고 싶다.

포틀랜드 시내를 돌아다니다가 과일주스를 파는 푸드 트럭을 발견했다. 몇 시간을 걸어 다니느라 마침 시원하고 달콤한 것이 당길 때였다.

"우리 여기서 주스 마시고 가자."

"좋아. 수박 주스 엄청 맛있겠다."

주문 후 주스를 기다리고 있을 때, 옆에서 익숙한 한국말이 들렸다. 옆으로 고개를 돌려 보니 20대 중반으로 보이는 한국 여성 두 명이 있었다. 한껏 멋을 내고 카메라와 한글로 써진 가이드북을 들고 있었다. 한국에서 온 여행자임이 분명했다. 그녀들 역시 우리 쪽을 흘끔흘끔 쳐다보았다. 공교롭게도 주변에는 우리 부부와 그녀들밖에 없었다.

우리가 주문한 수박 주스가 나왔다. 푸드 트럭 한편에 마련된 테이블로 갔다. 얼마 뒤 그녀들도 우리가 있는 쪽으로 왔다. 불과 2미터도 안 되는 간격을 두고 같은 공간에 있었다. 그 정도로 가까이 있었기에 누가 먼저 말을 걸어도 이상한 상황이 전혀 아니었다. 어색함이 싫어 인사를 건네볼까 잠시 고민했다. 하지만 그녀들이 불편할 수도 있다는 생각이 들었다. 우린 끝까지 서로에게 말을 걸지 않았다. 그저 소곤소곤 각자의 일행과 이야기할 뿐. 주스를 다 마신 그녀들이 먼저 일어섰다. 그녀들이 떠난 뒤, 남편에게 말했다.

"한국에서 왔느냐고 말을 걸어볼 걸 그랬나?"

"그다음은 뭐라고 할 건데? 학생이에요? 집은 어디에요? 이런 대화 계속해?"

"그렇기는 해. 그녀들도 우리가 그런 말을 할까 봐 적당한 간격을 유지한 건지도 몰라."

시원한 수박 주스로 당을 보충한 우리는 다시 힘차게 여행자 모드로 돌아갔다.

여행지에서만큼은 잠시 나를 구속하는 것에서 벗어나고 싶다. 평상시에 안 입던 스타일의 옷을 입고 생전 안 하던 액세서리로 치장도 한다. 여행자로서의 자유로움을 만끽하고 싶기 때문이다. 이곳을 잠시 스쳐 지나가는 여행자라는 생각에 마음이 편해진다. 그런 시간을 온전히 즐기고 싶다. 그곳에서 만나는 한국인에게 자유로움을 방해받고 싶지 않다. 그들도 비슷한 마음이리라. 이렇게 우리는 서로를 위해, 아는 척하지 않은 사이가 된다. _김유미

신비로운 빛으로 물든 메콩강의 하늘

흐르는 강의 속도로 1박 2일

루앙프라방, 라오스

여행하며 만난 수많은 강을 생각한다. 대개 풍요로운 도시에는 그곳을 가로지르는 강이 있기 마련이고, 그 강을 중심으로 사람이 모여들며 마을이 형성된다. 흔히 '젖줄'이란 식상한 비유를 쓰는 게 이해되기도 한다. 강변에서 살아본 적 없고 자연 자체에 그리 큰 애착을 느껴본 적도 없는 나에게 강은 그저 '건너는 것'이었다. 이편에서 저편으로 가기 위해 배를 타거나, 아니면 한강 철교 위를 달리는 전철에 몸을 맡길 때 나는 강을 바라보곤 했다. 강 표면의 반짝이는 빛과 잔물살은 그저 아름다운 무늬 같아서 예술 작품을 감상하듯 하염없이 멜랑콜리해지기도 했다.

그래서였을 것이다. 나는 신혼여행 일정에 배를 타고 1박 2일 동안 메콩강을 따라 이동하는 슬로 보트 여행 코스를 넣었다. 태국에서 라오스 국경을 넘어 그대로 강을 따라 루앙프라방이라는 도시를 향해서 가는 것이다. 느릿느릿 강의 속도에 맞춰 흘러가는 오래된 보트를 타고, 우리는 많은 이야기를 나누며 색다른 추억을 쌓으리라 상상했다.

이 정도만 적어도 충분히 뒷이야기가 그려지리라 믿는다. 생각대로 일이 진행되는 법은 좀처럼 없다는 것을. 강변의 풍경이란 게 그리 다양하지도 않을뿐더러 같은 풍경을 30분 이상 보고 나면 딱히 눈에 들어오는 게 없다. 쿠션도 없는 나무 벤치에 서너 명이 다닥다닥 앉아야 해서 편히 자기도 힘들었다. 열 시간 이상 지나자 더 이상 잠이 오지 않는 게 원망스러울 따름이었다. 책을 읽고 이야기를 나누며 아름답게 채워나갈 것이라 믿었던 이틀의 시간은 어떻게 자세를 바꿔도 불편한 좌석 때문에 쌓인 피로와 스트레스로 채워졌다. 이윽고 배에서 내릴 즈음엔 짜증도 저 멀리 날아가고 애초에 배를 탄 목적도, '내가 지금 뭘 하고 있는가'라는 자각도 희미해졌다.

그토록 긴 거리를 그토록 오래 이동하기는 처음이었다. 몸과 맘이 피폐해진 우리는 천천히 보트에서 내려 다시 각자의 삶을 살아가기 위해 걸음을 계속하는 사람들을 바라보았다. 이곳 사람들의 삶은 대체 얼마나 느린 것인가. 강이 흐르는 속도에 삶을 맞춘다는 건 어쩌면 꽤 대단한 일이 아닌가.

나에겐 고작 1박 2일. 흐르는 강과 같은 속도로 흘렀던 시간. 시

강을 따라 천천히 흐르는 시간

간은 껑충 건너는 것이 아니라 그 흐름에 맞춰 느리게 흐르는 것. 오랜 시간이 지난 뒤에도 그 1박 2일이 꽤 강렬한 기억으로 남은 것을 보면, 이제 내게 강은 건너는 것 이상의 특별한 무엇이 되어버린 모양이다. _*홍아미*

생애 한 번은 탑리스를

이비사섬, 스페인

20대의 어느 날, '밤낮으로 파티가 멈추지 않는 지중해의 섬'에 대한 글을 읽었다. 세계 3대 파티 아일랜드 중 한 곳인 스페인 이비사섬 이야기였다. 누드 비치와 클럽 파티를 찾아 전 세계의 젊은이들이 모여든다는 환락의 섬. 그곳에서 열리는 거품 파티를 경험하는 것은 나의 오랜 버킷 리스트였다. 이 작지만 명료한 소망은 서른네 살의 여름날 이루어졌다. 남편과 함께 이비사로 떠났다.

여행의 묘미 중 하나는 일탈이다. 평소에는 절대 하지 않는 무언가를, 여행 중에는 할 수 있는 용기가 생긴다. 이비사에서 나는 태어나서 처음으로 등이 시원하게 파인 슬리브리스를 입었다. 손바닥만 한 티셔츠와 짧은 미니스커트를 걸치고 클럽에 입장하니 스무 살로 돌아간 기분이었다. 마침 패리스 힐튼이 디제이DJ로 나선 날이라 더욱 신났다. 패리스 힐튼의 콘서트를 방불케 했던 신나는 클

(위) 이비사에서 페리로 약 50분 거리에 위치한 자매 섬 포르멘테라
(아래) 지중해의 낭만이 가득한 피게래타스 해변

러빙 타임이 끝나고 드디어 때가 되었다.

새벽 4시가 훌쩍 넘은 시각. 비키니 차림의 댄서들이 튜브를 허리에 끼고 2층 무대에 등장했다. 클러버들의 흥분 상태는 최고조에 이르렀다. 그 순간 거품이 뿜어져 나왔다. 10년 넘게 꿈꿔왔던 순간이었다. 거품 속에서 거품을 맞으며 춤을 추었다. 거품은 허리까지 차올랐다. 머리부터 발끝까지 홀딱 젖어서 신나게 춤을 추니 다 함께 미친 짓을 하는 쾌감이 느껴졌다. 두루마리 휴지로 몸을 대충 닦고 택시를 타고 숙소로 돌아오는 길에, 더없이 행복했다. 내 청춘의 버킷 리스트 하나를 달성했다니. 정말 멋진 밤이었다.

이제 이비사의 바다를 즐길 차례다. 누드 비치에 가볼까 했는데 굳이 그럴 필요가 없었다. 해변에서 웃옷을 벗고 있는 탑리스Topless 여성들을 흔하게 볼 수 있었기 때문이다. 처음에는 민망해서 시선

이비사섬 구시가지 항구의 전경

둘 곳을 몰랐는데, 나중에는 그들이 전혀 어색하지 않았다. 탑리스는 갑자기 나의 버킷 리스트에 끼어들었다. 평소에 전혀 생각해보지 않은 일이었는데 갑자기 너무도 해보고 싶었다. 호시탐탐 기회를 엿보던 나는 포르멘테라Formentera에서 용기를 냈다. 눈이 시리도록 아름다운 이예테스 해변Playa Illetes에서 과감히 상의를 탈의했다. 수많은 피서객 가운데 마침 동양인은 우리 부부뿐이었고, 그 누구도 탑리스한 나에게 관심을 두지 않았다. 조금 부끄러웠지만 금세 아무렇지 않아졌다. 작열하는 태양 아래에 누워 시원한 자유를 맛보았다. 처음 느껴보는 해방감이었다. 내 생애 가장 아름다웠던 바다에서 첫 탑리스를 경험했다. 정말 근사한 날이었다.

이왕이면 무릎 관절이 더 삐걱대기 전에 떠나보자. 그림 같은 해변과 흥겨운 클럽에서 한없이 자유를 누릴 수 있는, 히피들과 예술가들이 사랑한, 지중해의 낙원으로. 행복한 일탈이 기다린다. _김영미

사진으로는 그 예쁨이 100분의 1도 표현되지 않는 포르멘테라의 바다

시원함과 짜릿함을 느낄 수 있는 아틀란티카 슈퍼 스플래시 워터 롤러코스터

삶도 화음이어라
유로파파크, 독일

스물네 살 여름, 홀로 유럽 여행을 떠났다. 총 40일의 여정이었는데 기억 속에 선명히 남아 있는 추억은 그리 많지 않다. 금은보화와도 바꿀 수 없는 소중한 여행 사진을 모두 분실했기 때문이다.

그럼에도 불구하고 14년이 지난 지금까지 잊혀지지 않는 장면이 있다. 혼자 떠났던 나는 '따로 또 같이' 여행을 했다. "한국인이세요?"로 말문을 튼 한국인 여행자들과 함께 자연스럽게 하루 이틀씩 일정을 같이 하곤 했던 것이다. 유럽 최대 규모 테마파크인 독일 유로파파크에 가는 날에는 한국인 여대생 두 명과 조인했다. 둘은 바르고 밝게 자란 단짝 친구 사이였다. 친구들 덕분에 심심하지 않게 놀이공원을 즐길 수 있었다.

유로파파크에서 신나는 하루를 보내고서 우리는 역을 향해 걸어갔다. 두 친구가 앞에, 나는 뒤에 걸었다. 나무와 풀이 어우러진 소박한 풍경을 감상하며 가는데, 갑자기 노랫소리가 들렸다. 두 친구가 노래를 부르기 시작한 것이다. 선곡이 놀라웠다. 가요나 팝송이 아니라 가곡을 불렀다. 게다가 그녀들은 화음을 쌓아 하모니를 만들고 있었다. 언제나 그래 왔다는 듯 자연스러운 3도 화음이었다. 서정적인 풍경과 무반주로 부르는 가곡의 조화가 제법 근사했다.

그 순간 나는, 두 친구가 부러워졌다. 단짝 친구끼리 유럽 여행을 온 사실도 부럽고, 척하면 척하고 화음을 쌓아 하모니를 즐길 수 있는 친구가 있단 사실도 샘이 났다. 그날 유로파파크에서 무엇을 하고 놀았는지는 하나도 기억이 나지 않지만, 앞서 가던 두 친구의 뒷모습과 낭만과 부러움이 공존하던 그날 오후의 풍경은 또렷하게 떠오른다.

그날 이후 화음 쌓아 노래 부르기는 나의 버킷 리스트 중 하나가 되었다. 아쉽게도 아직 이루지는 못했다. 내 친구들 중엔 하모니를 좋아하는 이가 없었고, 남편 역시 화음을 넣어 듀엣 곡을 불러보자는 내 제안을 코웃음 치며 거절했기 때문이다. 마지막 희망은 딸아이다. 언젠가 딸과 함께 오솔길을 걸으며 3도 화음을 쌓아 노래하는 날이 오기를 기대해본다. 평범한 하루를 낭만적으로 만드는 가장 쉬운 방법 중 하나일지도 모른다. _김영미

유로파파크에서 만난 1인 오케스트라 연주자

노란 휠을 따라 도는
파란 대관람차

엘리펀트 하우스에서 마시는 차 한잔

에든버러, 영국 스코틀랜드

에든버러에 간 이유는 단순했다. 조앤 K. 롤링 작가가 《해리 포터》 시리즈를 집필한 카페 '엘리펀트 하우스The Elephant House'가 있기 때문이다. 그곳에서 영국식 밀크티를 마시며 글을 쓰는 것이 나의 작은 소망이었다. 런던에서 야간 슬리핑 버스를 타고 에든버러에 도착했다. 우중충한 하늘 아래 중세 시대의 건축물이 늘어서 있었고, 검은빛이 도는 키 큰 성당과 오래된 성벽이 도시를 이루고 있었다. 어디선가 마법사가 빗자루를 타고 날아갈 것처럼 신비로운 분위기가 느껴졌다.

엘리펀트 하우스는 칙칙한 회색 건물 사이에 혼자 붉은 기둥과 간판을 걸고 있었다. 유명 명소답게 문 앞까지 줄이 길게 늘어서 있었다. 카페에서 만나기로 한 K가 나를 발견하고 손을 흔들었다. 그녀는 나와 같은 방을 쓰는 또 다른 여행자였다. 우리는 치즈 케이크

조앤 K. 롤링이 《해리 포터》 시리즈를 쓴 카페 엘리펀트 하우스

차와 간단한 식사를 즐기는 사람들로 늘 붐비는 곳

코끼리에 대한 신문 기사, 조앤 K. 롤링이 카페를 방문했던 모습을 볼 수 있는 카페 내 벽면

와 잉글리시 브랙퍼스트 밀크티를 주문한 뒤 안쪽으로 들어가 자리를 잡았다. 커다란 창문 밖으로 에든버러 성이 빼꼼히 보였고, 카페 안쪽까지 햇빛이 가득 들어왔다. 벽에는 코끼리 그림이 크게 걸려 있고, 조앤 K. 롤링이 사인회를 열었던 당시의 사진도 있었다. 화장실로 가면 전 세계에서 온 해리 포터 팬들이 벽에 한 낙서로 빈틈이 없었다.

우리는 닫힌 벽난로 옆 소파 자리에 앉았다. 영국식으로 우린 차에 따듯한 우유를 조금 붓고 설탕을 넣었다. K는 런던에서 포토그래퍼 일을 하다가 휴가 내고 에든버러에 왔다고 했다. 원래는 한국에서 간호사 일을 했지만, 나중에 후회할까 봐 때려치우고 워킹 홀리데이를 왔다고. 당시 그녀의 나이는 서른이었다. 이제 와서야 나는 그녀가 얼마나 용기 있는, 멋진 결정을 내렸는지 알게 되었다. 당장 내일 일조차 계획하지 못해 불안하게 흔들리는 지금의 나를 보고 있자면 말이다. 미술관에 가겠다며 일어서는 K를 두고, 나는 자리에 남아서 일기를 썼다. 드디어 왔다고, 그렇게 오고 싶던 엘리펀트 하우스에. 해리 포터를 쓴 조앤처럼 나도 무어라도 꾹꾹 눌러썼다. 도시를 떠나 다른 나라로 넘어갈 때까지, 나는 매일 엘리펀트 하우스로 출근했다.

참 소박하고 보잘것없는 꿈이었으나, 에든버러의 한 카페에 앉아 일기를 쓰던 과거의 내가 조금 부러운 요즘이다. _엄지희

카리브해 최고 휴양지 바라데로 해변

특별한 신혼여행

존 에프 케네디 국제공항, 미국 & 바라데로, 쿠바

"고객님 비행기는 이미 출발했습니다."

인천 공항 데스크. 고단한 하루를 보내고 쿠바 여행만을 생각하며 체크인을 하러 간 곳에서 청천벽력 같은 소리를 들었다. 쿠바를 가기 위해서는 미국 뉴욕과 멕시코 칸쿤에서 두 번의 환승을 거쳐야 했는데, 뉴욕에서 환승 예정인 비행기가 이미 떠났단다. 한국에서부터 미국 왕복 항공권과 미국-멕시코 왕복, 그리고 멕시코-쿠바 왕복 항공권을 모두 따로 구매했던 것이 화근이었다. 지금이야 미국에서 쿠바로 바로 갈 수 있는 비행기가 생겼다지만, 당시에는 미국과 쿠바가 막 수교를 시작한 터라 미국에서 쿠바로 가는 직항편이 없었다. 뿐만 아니라 쿠바까지 가는 비행기는 중간에 미국을 끼면 연결하여 구매하지도 못했다. 이렇듯 항공권을 따로 구매할 수밖에 없는 상황에서 예약하는 도중 날짜를 헷갈린 것이었다. 여행 시작부터 꼬여도 단단히 꼬였다. 항공권을 별도로 구매하는 바람에 잘못 구매한 줄도 몰랐고, 하필 우리는 막 결혼을 마치고 신혼여행을 떠나는 길이었다.

유난히 긴 하루였다. 새벽부터 특별한 날을 맞이해 정신없이 보낸 하루의 마무리가 이렇다니, 야속했다. 몇 달간 결혼을 준비하며 이 순간만을 기다렸는데 여행을 떠나기 직전 이렇게나 당황스러운 상황에 직면할 줄이야. 우리는 급한 대로 뉴욕행 항공권만 우선 발권한 뒤 보딩 시간을 기다리며 바쁘게 움직였다. 남편은 항공권 해외 발권 업체에 전화하여 날짜 변경이 가능한지 알아보았고, 나는 뉴욕에서 출발하는 쿠바행 비행기표를 검색했다.

안타깝게도 원래 예약했던 것과 같은 시각의 항공권은 없어 뉴욕에서의 환승 대기 시간이 무려 열 시간이나 되는 표를 다시 구매해야 했다. 항공권만 겨우 예약한 탓에 뉴욕에서 하룻밤 동안 묵을 숙소는 알아보지도 못한 채 떠나야 했다. 도착해서 보니 공항 근처의 호텔은 모두 남는 방이 없는 상태였다. 그렇게 우리는 결혼 후 첫날밤, 존 에프 케네디 공항에서 밤을 지새웠다. 신혼여행 가는 길에 이게 무슨 고생인가 싶기도 했고, 이 상황이 더없이 우습기도 했다. 결혼 직후 겪은 공항에서의 노숙은 그런대로 우리에게 특별한 추억이 되었다.

지쳤던 몸과 마음을 달래주는 옥빛 바다

비로소 즐긴 모히토 한잔의 여유

뉴욕에서의 노숙과 칸쿤에서의 환승 후 우리는 완전히 파김치가 되어 쿠바 아바나에 도착했다. 하지만 우리의 최종 목적지는 여기서 끝이 아니었다. 차를 타고 쿠바의 휴양 도시 바라데로까지 두 시간을 더 가야 했다. 더이상 움직일 힘도 없는 상태에서 택시를 타고 바라데로로 향했다. 얼마나 달렸을까, 마침내 옥빛의 바다가 보였다. 지쳤던 마음이 뻥 뚫린 듯 시원해졌다. 인파 없이 한적한 해변은 지금까지 고생했으니 마음껏 쉬라며 우리를 달래주는 듯했다.

도착하자마자 우리는 단잠에 빠졌다. 그러고서 일어나 그간 고생한 만큼 보상을 받아야겠다는 마음으로 바다를 탐했다. 힘들게 와서 그런지 휴양은 더욱 감미로웠다. 빛나는 바다 앞에 누워 쿠바의 대표 칵테일인 모히토를 조금씩 홀짝였다. 그래, 이거지. 그제야 꿈꿔왔던 신혼여행이 완성되었다. 환상처럼 반짝이는 저 에메랄드빛 카리브해를 더욱더 달콤하게 즐기기 위해 우리는 그렇게도 머나먼 길을 떠나왔나 보다. 안소은

에피소드가 만들어준 '찐여행'

윈난성, 중국

모든 것은 한 장의 사진에서 시작되었다. 산과 바다가 어우러진 근사한 풍경을 객실 테라스에서 감상할 수 있는 숙소 사진이었다. 한눈에 반해버린 이 장소는 의외로, 중국이었다. 찾아보니 윈난성에 위치한 따리大理라는 도시에 바다처럼 넓은 얼하이洱海라는 호수가 있는데, 그 호숫가에 이렇게 근사한 숙소들이 즐비하다고 했다. '중국의 스위스'라는 따리의 별명도 마음에 들었다. 하지만 망설여졌다. 남편과 나는 중국어를 전혀 하지 못하고, 또한 윈난성은 여행 정보가 충분하지 않은 지역이다. 과연 우리가 윈난성 자유 여행을 할 수 있을까?

몇 날 며칠을 고민한 끝에 윈난성으로의 여행을 결정했다. 낯선 여행지에 가고 싶다는 욕심이 염려를 앞선 것이었다. 중국어를 잘하는 후배의 전폭적인 응원과 도움으로 여행을 준비했다. 바이두

만년설이 쌓인 옥룡설산과 에메랄드빛 호수 람월곡이 어우러진 절경

람월곡에서 운남성 소수 민족 나시족의
전통 의상을 체험 중인 여인

Baidu, 百度 지도 애플리케이션을 다운로드하고 목적지를 한자로 찾아 지도에 표시했다. 설렘 반 긴장 반. 중국어를 알지 못하는 부부의 윈난성 7박 8일 자유 여행이 호기롭게 시작되었다.

대한민국의 네 배에 달하는 광활한 면적의 윈난성. 그중에서 우리가 집중적으로 돌아본 곳은 얼하이 호수를 품은 따리의 솽랑双廊 마을과, JTBC 〈내 친구의 집은 어디인가〉로 유명세를 탄 천년 고도 리장丽江이었다. 쿤밍昆明에 도착해 야간열차를 타고 따리로 건너가 2박을 한 후, 리장에서 4박을 한 뒤 귀국하는 일정이었다. 결론부터 말하자면 이 여행은 지금껏 경험한 31개국 102개 도시 중 세 손가락 안에 꼽을 만큼 재미있었다. 무사히 집에 도착한 순간, 걱정을 한가득 안고 떠났던 윈난성 여행은 역대급으로 흥미진진한 여행으로 둔갑했다.

윈난성 자유 여행은 돌발 상황의 연속이었다. 야간열차 4인실에 함께 탔던 중국 아저씨의 코골이가 심해서 잠을 설쳤고, 바이두 지도에도 제대로 나오지 않는 솽랑의 숙소를 찾느라 한 시간 넘게 돌길 위를 헤맸다. 새로 산 운동화와 보이차를 넣어둔 쇼핑백을 분실했고, 고대하던 얼하이 호수 전망 숙소에 묵는 날 하필 마을 전체가 정전되어 시끄러운 발전기 소음을 한참이나 들어야 했다. 리장고성 내 중국 여행사에서 위룽쉐산(옥룡설산玉龍雪山) 투어를 예약할 때는 영어가 전혀 통하지 않아 애를 먹어야 했다. 또 투어 버스가 약속 시간 40분이 넘도록 오지 않아 발을 동동 굴렀고, 끝내는 귀국 비행기가 연착되어 집에 도착하기까지 꼬박 21시간이 걸렸다. 여행 중 발생할 수 있는 다양한 불운을 한번에 겪은 기막힌 여행이었다.

그래도 만족스러웠다. 간만에 '여행다운 여행'을 한 것 같았다. 윈난성은 가이드북이나 블로그 여행 후기를 보고 정보를 쉽게 습득해가며 여행할 수 있는 곳이 아니었다. 낯선 이국땅에서 모든 감각을 곤두세우고 볼거리, 즐길거리, 먹을거리 하나하나를 미션처럼 찾아다니느라 정말 즐거웠다. 현지인들과 보디랭귀지로 소통하면서 크고 작은 도움을 받은 일, 중국 여행사의 일일 투어를 우여곡절 끝에 마친 일 등 각종 에피소드는 남편과 나만의 영원한 안줏거리로 남았다.

에피소드 없는 여행은 앙꼬 없는 찐빵이다. 계획대로 착착, 준비한 대로 척척, 돌발 상황이 발생할 틈이 없는 여행은 어딘지 아쉽다. 여행에 빈틈을 만들자. 에피소드가 끼어들 여지를 주자. 예기치 못한 사건들이 모여 완성된 나만의 이야기는 여행의 농도를 한껏 진하게 만들어줄 것이다. _김영미

이토록 완벽하게 연출된 도시

아비뇽, 프랑스

아비뇽을 거니는 일은, 진부한 표현이지만 마치 영화 속을 걷는 것 같았다. 중세 교황의 도시로서의 면모를 고스란히 간직한 길 위에서는 마치 이 미장센에 어울리게 하려고 작정이라도 한 듯 거리의 악사가 연주하는 아코디언 소리가 흘러나왔다. 연출이었다면 완벽하다고 말했을 것이다.

아비뇽에 도착하는 날을 손꼽아 기다렸던 건 단순히 이런 분위기 때문만은 아니었다. 18세기 귀족의 저택을 개조해 만든 호텔 라 미랑드La Mirande에 머무는 날을 고대했다는 편이 더 옳다. 아비뇽의 중심이 되는 교황청 바로 옆, 위치마저 범상치 않은 호텔 라 미랑드. 이름을 괜히 한 번 더 읊조리게 되는 이 어여쁜 호텔이 특별했던 건, 이곳에서 진행하는 소셜 다이닝 프로그램 '라 타블 오트La Table Haute' 때문이었다. 내 생에 첫 소셜 다이닝 경험을 남프랑스에

기품 있는 디테일이 돋보이는 호텔 라 미랑드

교황청 옆 좁은 골목에서 만난 아코디언 연주자

서 하게 될 줄이야! 설렘과 기대가 뒤섞여 전날 잠을 설쳤다.

고전적인 프로방스 주방의 모습을 간직한 근사한 다이닝 공간에 신청자들이 속속 모였다. 호주, 미국, 일본 등 여러 나라에서 온 사람들이었다. 와인을 나누어 따른 잔을 들고, 간단히 인사를 나누고, 커다란 테이블이 놓인 자리에 다 함께 둘러앉는 것으로 식사를 시작했다. 남프랑스에서 나고 자란 신선한 재료들을 손질하며 음식을 완성해내는 셰프들의 모습을 지켜보는 건 크나큰 즐거움이었다. 오래전 부엌의 모습을 떠올리게 하는 조리대, 반들반들 윤이 나게 길들인 조리 도구들과 탐나는 그릇들, 능숙하고 정확하게 요리를 해나가는 셰프의 동작 하나하나를 놓칠세라 나의 두 눈은 바삐 쫓아다녔다. 모든 시간이 그 자체로 엔터테인먼트였다.

내 옆에는 호주에서 온 부부가 앉았다. 바로 옆자리에 있던 샬럿은 재밌고 활달한 성격이었는데 덕분에 식사 시간 내내 실컷 웃었다. 스탠드 업 코미디언인가 싶게 유쾌했던 그녀가 나의 웃음 버튼을 누른 건 이를테면 이런 것들이다. 우리 식사를 책임진 총괄 셰프는 '시크하다'라고 표현할 수 있는 이미지의 약간은 퉁명스러운 캐릭터였는데 그를 가리키며 샬럿은 나에게 "너무 프렌치답지 않니?"라고 속삭인다거나, 준비된 와인을 한 모금 들이키고는 "우웩! 호주 와인이 백배 낫다"라거나 하는. 실없지만 실소가 터져 나오는 농담,

아니 아마도 반 정도는 진심을 담은 듯한 유머를 작게 흘리며 자꾸만 윙크를 날리는데 막판엔 웃다 못해 거의 눈물을 흘렸다. 처음 만난 사람과도 이렇게 유쾌하게 대화를 이어나갈 수 있는 그녀가 신기할 지경이었다.

한참을 웃고 떠들며 차례로 나오는 음식들을 배불리 맛보고 마지막 디저트가 남았을 무렵, 조명이 어두워지고 셰프가 촛불을 켠 케이크를 들고 나왔다. 알고 보니 다이닝에 참석한 어느 부부의 기념일이라 이벤트를 준비한 모양이었다. 부부가 촛불을 끄고 다같이 손뼉을 쳤는데, 더 멋진 일이 벌어졌다. '시크한 셰프'가 특별히 해줄 건 없고 노래를 하나 불러주겠다는 게 아닌가. 그의 선곡은 라 비 앙 로즈La Vie En Rose. 아무래도 본업은 가수가 아닐까 싶을 정도의, 음식 솜씨만큼이나 멋들어진 노래 실력으로 모두를 감탄케 했다. 마음 한구석이 찡해지는 정말 완벽한 마무리였다. 아비뇽은 프랑스의 정수를 느낄 수 있도록 아주 완벽하게 연출된 도시로 내게 남았다. 세상에! 어쩜 처음부터 끝까지 이럴 수 있지? _김나영

이비사섬 달트 빌라를 걷다 만나는 칵테일 바, 스페인

포르투 도루강의 풍경, 포르투갈

chapter 4

널 다시 볼 수 있을까?

도쿄의 클리셰지만 언제나 두근거림을 선사하는 도쿄 타워

뜻밖의 크리스마스 선물

도쿄, 일본

2018년 크리스마스는 도쿄에서 보냈다. 들뜬 마음들이 가득한, 반짝이는 거리를 친구와 나란히 걸으며 많이 웃었다. 이번 크리스마스는 이걸로 족하다 싶었는데, 집으로 돌아가는 날 커다란 선물을 받았다. 그것도 처음 만난 사람으로부터.

공항으로 돌아가는 버스는 거의 만석이었다. 사람들이 들어찬 자리를 지나 창가에 앉은 일본인 아주머니 옆에 동승했다. 차가 출발하고 얼마 지나지 않아 옆에서 안전벨트가 쓱 건네졌다. 옆자리 아주머니가 손수 벨트를 늘여서 챙겨준 것이었다.

"아리가또 고자이마스(고맙습니다)."

그나마 자신 있게 할 수 있는 문장으로 감사를 표했다. 이내 창문 너머로 도쿄 타워가 보였다. 휴대폰을 들어 사진을 찍으려던 찰나 아주머니가 그 풍경을 보며 잠시 눈을 감고 손을 모아 기도를 올리는 걸 보았다. 내가 그저 지나치듯 보는 풍경이 누군가에겐 간절히 기대는 무언가가 될 수도 있겠구나 싶었다. 그 순간을 '찰칵' 셔터 소리로 방해하고 싶지 않아서 촬영 버튼을 누르지 않고 기다렸다. 짧은 기도를 마친 아주머니는 그런 내 모습을 발견하곤 화들짝 놀랐다.

"고멘나사이, 도죠도죠(미안해요, 어서 찍어요)."

아주머니는 연신 사과하면서 몸을 등받이에 바짝 붙여 사진을 편히 찍을 수 있게 해주었다. 그 이후에도 몇 번 더 도쿄 타워가 보일 법한 찰나들이 있었고 그때마다 아주머니는 그래야 하는 의무라도 생긴 듯이 내게 알려줬다. 따뜻하고 고운 마음이었다. 공항으로 가는 내내 그는 틈틈이 영어와 일어와 보디랭귀지를 섞어가며 어느 나라 사람인지, 어느 도시에서 왔는지, 아는 일본어가 있는지 등등을 물어왔다. 우리는 통할 수 있는 모든 언어를 끌어모아 대화를 나누는 말동무가 되었다. 그러다 문득 가방 안에 마스크 팩 몇 개가 남아 있는 게 생각났다. 약소하지만 그 고운 마음씨에 보답하고 싶어서였다. 나는 가방을 뒤적여 찾아낸 마스크 팩을 가지런히 모아 건넸다.

"프레젠또 프롬 코리아(한국으로부터의 선물이에요)."

아주머니는 미소를 한가득 지으며 크리스마스 선물을 받게 되어 정말 기쁘다고 했다. 해사한 미소에 나까지 기분이 덩달아 좋아졌는데 상황이 역전되었다. 갑자기 당신의 가방 속에서 완전 새것인 매니큐어 세트를 꺼내더니 내 손에 쥐여준 것이다. 그녀의 설명을 유추하기론, 어차피 일하는 곳에서 받은 거고 본인에겐 아들만 둘이라 달리 줄 사람도 없다는 것 같았다. 내가 받지 않겠다는 걸 말리면서 억지로 억지로 가방 안에 넣어주기까지 했다. 한사코 거절해도 주머니에 용돈을 욱여 넣어주는 우리 할머니처럼. 이것도 만국 공통 문화인 걸까? 완강한 태도에 결국 선물을 받을 수밖에 없었다.

그 후로도 우리는 단어와 단어 사이를 짚어가며 내릴 때까지 수다를 나누었다. 때로는 알아들을 수 있어서 신기했고 또 완벽히 통하지 않아 답답했지만, 우리는 반쯤 엉터리인 대화를 포기하지 않았다. 이윽고 아주머니가 먼저 내릴 차례가 왔다. 작별의 말과 함께 손을 꼬옥 맞잡았다. 그러는 편이 더 적절한 인사인 것 같아서.

여전히 매니큐어를 새롭게 바를 때마다 떠오르는 기억이다. 행복 회로를 한참 돌리고 난 직후라서 더 각별하게 새겨졌는지 모르겠지만 흔치 않은 경험임은 분명할 테다. 문득 건강하게 잘 지내시는지, 첫째 아들은 결혼식을 잘 치렀는지, 둘째 아들은 시험에 무사히 합격했는지 궁금해진다. _김나영_

우로스의 리디아

우로스섬, 페루

티티카카호가 베일을 벗고 세상에 알려진 건 생각보다 근래의 일이다. 1968년, 잉카 유적을 탐사하던 탐험가 자크 이브 쿠스토는 해발고도 3825미터의 고지대에 호수와, 그 호수를 터전으로 삼은 사람들이 살고 있음을 발견하고 세계에 알렸다. 우로스는 그중 관광객이 가장 많이 찾는 섬이다. '토토라'로 불리는 갈대를 쌓고 엮어 만든 인공 섬인데, 약 70여 개의 크고 작은 갈대 섬이 '우로스'라는 이름으로 촌락을 이루고 있다.

고산증과 사투를 벌이며 이곳을 찾은 여행자들은 대개 문명의 때가 묻지 않은 인디오의 순전한 얼굴을 한껏 기대한다. 배가 갈대섬과 가까워지고 전통 의복을 입은 아이들이 반갑게 '안녕'을 건네는 모습이 시야에 들면 마침내 이 비현실적인 시공간에 들어왔다는 사실에 감격한다. 내가 그랬다는 이야기다. 옛날 옷을 입은 사람들,

(위) 갈대로 엮어 만든 아름다운 섬, 우로스
(아래) 일상에서도 전통 복장을 즐겨 입는 티티카카 호수의 여인

비싼 값을 치르고 사더라도 행복한, 우로스 사람들의 아름다운 공예품

단출한 살림, 바람에 춤추는 아름다운 갈대……. 지구 바깥에 생명체가 사는 행성이 있다면 이런 풍경일까? 물오른 감성은 흑진주처럼 까맣고 빛나는 눈동자를 가진 소녀의 유창한 영어로 와장창 깨졌다.

"안녕. 반가워요. 난 리디아예요. 이름이 뭐예요?"

소녀는 찰떡 같은 붙임성으로 단박에 나의 이름을 거머쥔다. 그 뒤로 내 옷깃을 꽉 붙잡은 채 여기저기 끌고 다니며 제 엄마와 아빠, 직접 만든 기념품을 파는 동네 사람들에게 새 친구(호구)를 소개한다.

"진, 이거 안 필요해요? 우리 엄마가 직접 만들었어요."

"진, 이거 예쁘죠? 싸게 줄게요."

안내 책자에 의하면 약 3천여 명의 인디오가 이 부유하는 갈대섬에서 물고기를 잡고 작은 텃밭을 일구며 평생을 보낸다. 동행한 가이드가 "이중 30퍼센트는 우로스 사람 행세를 하는 뭍사람들이에요. 아침에 섬으로 출근해 관광객을 받고, 저녁엔 집이 있는 푸노시로 돌아가죠"라고 했을 때, 나는 문명이 닿지 않은 삶이 있을 거라고 믿었던 순진함을 자책했다. 결국 리디아의 엄마에게 알파카 실로 짠 러그와 쿠션 커버를 사고 팁까지 쥐어준 뒤에야 소녀의 작고 귀여운 손에서 벗어날 수 있었다.

돌아오는 배 위에서 자문했다.

'나, 당했나? 기분이 찝찝하거나 나쁜가?'

전혀 그렇지 않았다. 리디아는 관광객을 우롱하는 소녀가 아니라 영어 공부를 열심히 해서 부모님과 마을 사람을 도우며 제힘으로 용돈을 버는 영특하고 야무진 아이일 뿐이다. 티티카카의 인디오에게 옛날 방식 그대로의 삶을 기대한 내가 오히려 이기적인 건 아닐까? 리디아는 아시아에서 온 호구 덕에 솔Sol(페루 화폐 단위)을 톡톡히 챙겨 기뻤을 수 있지만 나는 영어 잘하는 이 똑똑한 아이 덕에 '관광객 응대'를 뺀 우로스섬 사람의 진짜 삶을 들을 수 있어 좋았다.

그녀의 엄마 아빠, 조엘과 아이다 부부의 하루는 새벽 4시에 시작된다. 조엘은 낡은 배를 타고 나가 며칠치 식량을 정성스럽게 수렵한다. 물고기를 잡지 않는 날엔 새를 사냥한다. 11시쯤 집으로 돌아와 점심을 먹은 후 관광객에게 팔 공예품을 만든다. 가끔 섬 주변에서 갈대를 채취해 집과 섬을 정비한다. 족히 열흘은 안 씻은 듯한 행색으로 활짝 웃는 조엘에게 '지금 행복하냐'고 물었더니 망설임 없이 고개를 끄덕였다.

"조금 불편한 것도 있지만 푸노 같은 대도시에서 사는 것보단 좋아요. 조용하고 평화로우니까. 무엇보다, 어머니 호수인 티티카카가 우리 가족에게 필요한 것을 다 채워주거든요."

가끔 작은 것에 대한 집착을 좀처럼 떨칠 수 없을 때, 내가 가진 것과 누리고 있는 것이 부족해서 심통이 날 때 리디아의 가족을 생각한다. 그러면 그 부정적인 감정이 신기루처럼 부질없는 것이 된다. 지구 어딘가에 다른 차원의 행복을 누리는 사람들이 살고 있다는 사실을 아는 것은 생각보다 내 삶에서 큰 힘을 발휘한다. 우로스에 사는 리디아에게서 귀한 선물을 받았다. _류진

섬과 섬 사이를 오가는 유일한 교통수단은 갈대로 엮은 배

탐험가만을 위한 땅이 아닌 아마존이 그곳을 찾는 이들에게 기꺼이 보여주는 속살

아마존에 사는 남자, 아이반

탐보파타 국립공원, 페루

“절대로 정글에 혼자 들어가지 마세요.”

페루 탐보파타 국립공원 안에 있는 에코 리조트 잉카테라에선 투숙객들에게 이 지침을 신신당부한다. 당연한 걸 간곡히 청하는 것은 그런 사람들이 꽤 있다는 뜻이다. 한날 관광객이 언뜻 미친 짓처럼 보이는 단독 행동을 하는 덴 다 이유가 있다. 아마존 우림 한복판에 들어서 있는 이 리조트에서 “조식을 너무 많이 먹어 배가 터질 것 같은데 뒷마당 산책이나 해볼까.” 하고 몇 발자국 떼면 정글 한복판에 서 있는 자신을 곧장 발견하게 된다. 거기서 맞닥뜨리는 위험은 맹수의 공격 같은 게 아니다. 생각지도 못한 존재가 목숨을 앗아간다. 만지기만 해도 독을 뿜는 나무, 구멍에서 순식간에 기어 나와 인간의 다리를 붉게 물들이는 개미, 무시무시한 거품을 뿜어대는 타란툴라……. 고로, 필드 가이드는 우리의 보호자이자 치명

적인 위험으로부터 생명을 구해줄 은인이다.

나의 필드 가이드는 아이반 파레데스. 푸에르토말도나도에서 나고 자란 그에게 아마존은 어린 시절부터 가장 오랜 시간을 보낸 놀이터다. 닷새 동안 그의 뒤를 졸졸 따라다니며 나무늘보, 마코앵무, 붉은고함원숭이, 피라냐, 악어 같은 동물들과 마주했다. 정글의 거대하고 신비로운 생태계를 목격하는 것은 확실히 죽는 날까지 잊을 수 없을 만큼 벅찬 경험이었다. 그에 못지않게 내겐 아이반의 삶도 흥미로웠다. 야생 중 야생, 아마존에서 그는 매일 어떤 일과를 보낼까? 저 많은 식물과 동물의 이름을 어떻게 다 외울까? 전화도 잘 안 터지고 와이파이는 인내심 테스트에 버금가는 곳에서 대부분의 시간을 보내는 삶이란 어떤 걸까? 죽을 뻔한 적은 없었을까?

필드 가이드는 여러 팀을 상대하기 때문에 항상 바쁘다. 마지막 밤, 운 좋게도 아이반을 독차지할 수 있었다. 테이블을 사이에 두고 그와 마주 앉아 질문을 퍼부었다. 12년째 탐보파타를 안내하는 아이반은 대화 내내 자기 일과 사랑에 빠진 내색을 숨기지 못했다.

아마존에 사는 남자의 하루는 상상보다 단조롭다. 새벽 5시에 일어나 밤 10시 잠자리에 들기 전까지 하루 두 번, 탐사객들과 함께 아마존으로 들어간다. 볕이 뜨거워 트레킹이 없는 낮엔 항상 일지를 쓴다.

"오늘 새롭게 본 것, 발견한 동물, 식물, 자연 현상 같은 걸 기록해요. 아마존에서 나고 자랐기 때문에 이미 알고 있는 게 많기도 하지만, 새로운 게 끊임없이 나타나거든요. 그래서 계속 공부해야 해요. 가장 좋은 교재는 자연 과학 전문서가 아니라 경험이에요."

푸에르토말도나도에 걸친 아마존 유역엔 피라냐와 아나콘다, 악어와 재규어가 산다. 수면 위에 머리통을 살짝 내놓고 눈알을 굴리는 악어는 스물네 마리쯤 봤지만 인간을 먹어 치울 능력이 있는 나머지 짐승은 아쉽게도 못 만났다. 아이반은 재규어를 무려 열세 번이나 봤다고 했다.

"보통은 배 위에서 강변을 어슬렁거리는 걸 보곤 하는데, 딱 한 번 그 친구와 정면으로 마주 선 적 있어요."

"에이, 뻥치지 말아요. 그럼 당신이 내 눈앞에 있을 리가 없잖아요!"

"하하. 진짜예요. 탐사 온 어느 가족과 캠핑을 하다가 새벽에 숲을 산책하러 들어갔는데, 어디에선가 발자국 소리가 들리는 거예요. 테이퍼*겠거니 했는데 왠지 뒷골이 섬찟했어요. 손전등을 끄고 그 자리에 멈춰 섰는데 얼마 지나지 않아 재규어가 풀숲 속에서 불

* 풀이나 수초, 나뭇잎, 작은 나뭇가지, 과일을 먹고 사는 온순한 동물. 아마존 정글에선 비둘기만큼이나 자주 볼 수 있다.

정글의 고요를 깨는 수다쟁이, 붉은고함원숭이

마코앵무가 흙에서 염분을 섭취하는 모습은 오직 아마존에서만 볼 수 있는 풍경

쑥 나오더라고요. 순식간에 얼어붙었지만 얼른 정신 차리고 손전등을 켜 재규어 얼굴에 불빛을 비추었어요. 다행히 나와 일행을 쓱 째려보기만 하고 제 갈 길 가더군요. 그때 가만히 있지 않고 뒤돌아 도망쳤더라면 아마 목을 물어뜯겼을지도 몰라요."

아이반의 무용담 속 아마존 라이프는 일촉즉발의 긴장감이 가득한 삶으로 보이지만 닷새간 내가 머물고 누빈 이 야생 정글은 사실 더없이 평화롭고 고요했다. 그 역시 나의 의견에 전적으로 동의한다고 말했다.

"정글은 생각처럼 위험하고 야만적인 곳이 아니에요. 모든 생명체들이 자연의 질서 안에서 순리대로 살아요. 인간이 그걸 건드리지만 않으면 충분히 공존할 수 있어요."

그에게 이제 재규어와 아나콘다를 만날 준비가 된 것 같다고 진지하게 말했다. 껄껄 웃던 아이반이 부드러운 목소리로 나의 실없는 입을 막았다.

"걱정 말아요, 진. 재규어는 이미 당신을 만났을 테니까." _류진

민트 차의 향기와 향수鄕愁

탕헤르, 모로코

소주잔보다 약간 큰 투명한 유리잔 속, 김이 모락모락 나는 뜨거운 물과 그 위를 둥둥 떠다니는 민트 잎. 상큼하면서도 쓴 향이 감도는 민트 특유의 향기를 맡으면 나는, 오래된 서랍 손잡이를 당기듯 옛 기억이 툭 떠오른다.

"어디서 왔어?"

모로코 탕헤르로 향하는 배 안에서 여행 책자를 읽는 내게 한 아주머니가 말을 걸어왔다. 이국적인 얼굴의 경계선을 따라 흰 천이 꼼꼼히 둘려져 있었다. 자신의 이름은 파티마라고 밝힌 아주머니는 스페인에 거주 중이며, 고향인 탕헤르에 볼일이 있어 가는 중이라고 했다. 나는 한국에서 왔으며, 나이는 만 스무 살이라고 소개했다. 세상에 갓 나와 내가 모르는 세계를 만나고 싶어 모로코로 가는 중이라고도 덧붙였다. 우리는 유럽과 아프리카 대륙 사이를 흐르

미로처럼 좁은 탕헤르의 골목

아주머니가 내려준 민트 차

는 지브롤터 해협을 건너며 수다 꽃을 피웠고 곧 친해졌다.

스페인의 남부 도시 알헤시라스를 떠난 지 두 시간, 짙푸른 바다 너머로 드디어 아프리카 대륙이 보였다. 모로코 탕헤르다. 신기해서 목을 내밀고 구경하는 내게 아주머니는 급한 일정이 없다면 본인의 집에 들렀다 가라며 초대했다. 물론 거절할 이유가 없었다. 파티마 아주머니의 뒤를 쫓아 탕헤르를 걸었다. 거리에는 짐을 잔뜩 짊어진 당나귀들이 돌아다녔고, 좁은 골목 사이 가판대 위에는 알록달록한 색채로 물든 온갖 잡화가 놓여 있었다. 사람들은 애니메이션 〈알라딘〉에서 보았던 독특한 차림을 하곤 알 수 없는 언어로 떠들었다. 스페인에서 닿을 듯 가까운 이 도시는 너무나도 생경했다. 유럽에서 마주한 낯섦은 아무것도 아니었다는 듯 새로운 충격이 머리를 강타했다.

벽면까지 화려한 타일로 장식된 독특한 분위기의 거실로 들어서자마자 아주머니는 머리를 감싸고 있던 천을 풀어헤쳤다. 천을 풀자 안에 꽁꽁 숨겨져 있던 머리칼이 흘러내렸다. 머리를 풀며 여태 조여왔던 끈도 놓은 듯 나긋나긋했던 아주머니의 목소리가 커졌고 싱긋 웃던 웃음소리도 깔깔 소리로 바뀌었다. 편하게 소파에 앉아 있으라고 한 아주머니는 곧 민트 잎이 들어간 유리컵과 주전자를 내왔다. 주전자에서 흘러나온 뜨거운 물줄기는 잎 사이사이로

스며들어 상큼 쌉싸래한 향을 서서히 풍겼다. 생전 처음 맛본 차는 낯선 곳에서의 경계심을 무너뜨리는 나른함이 있었다. 아주머니가 머리를 드러내며 본래 모습을 보여줘서 그랬는지도 모르겠다.

그 뒤로 나는 여행 내내 민트 차를 달고 다녔다. 카사블랑카의 모스크를 구경했을 때도, 낙타 위에 올라 사막 위를 걸었을 때도 민트 차는 나와 함께였다. 모로코에서 맛본 차의 향과 맛은 강렬했고, 그렇게 내게 민트 차는 십 수년 전의 추억을 떠올리게 하는 촉매제가 되었다. 민트 차의 향기 속에는 처음 미지의 세계를 만나 여행의 맛을 막 깨달은 스무 살의 내가 있다. _안소은

유네스코 세계 문화유산인
아이트벤하두 마을

사하라 사막 위를 지나는 낙타

부에노스아이레스 탱고 카페에서

부에노스아이레스, 아르헨티나

부에노스아이레스 하면 탱고를 빼놓을 수 없다. 이곳저곳에 화려한 탱고 쇼 극장이 즐비하고, 길거리에서는 하루 종일 음악이 흘러나오며, 멋지게 무도복을 차려입은 남녀가 농염한 춤을 춘다. 아무리 음악에 문외한이고, 평생 단 한 번도 탱고와 연이 닿지 않았던 사람이라도 이곳에서만큼은 탱고의 매력에서 벗어나기 힘들 것이다. 나도 모르게 시선이 가고 귀가 쫑긋해진다. 이국적인 매력에 가슴이 두근거린다.

그런 이유로 부에노스아이레스에서 내가 가장 가고 싶었던 곳은 궁전이나 박물관이 아니었다. 첫날부터 무작정 찾은 곳은 150년 역사의 탱고 카페 또르또니Cafe Tortoni. 그 시작은 우연히 들었던 한 음악 때문이었다. 카를로스 가르델의 '당신이 나를 사랑하는 날에El dia que me quieras'. 이 노래를 처음 들었을 때의 감동은 거의 전율 비슷한

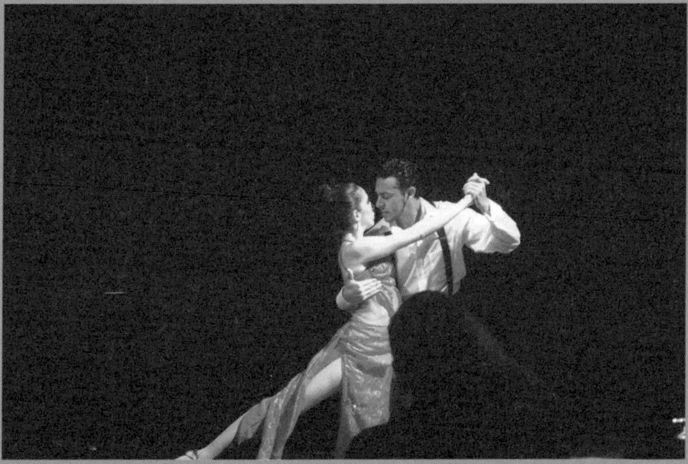

(위) 카페 또르또니의 탱고 극장
(아래) 탱고 댄서들의 뜨거운 공연

것이었다. 노이즈조차도 낭만적인 이 옛 노래를 듣고 있노라면 그 누구와도 사랑에 빠질 수 있을 것만 같았다. 카를로스 가르델이 단골로 드나들던 카페, 또르또니에 나는 반드시 가야 했다.

그러나 오래된 카페에서의 호젓한 시간을 상상했던 내게 마치 시장통처럼 북적거리는 카페 풍경은 조금 실망스러운 것이었다. 그런 생각을 한 관광객이 나뿐만은 아니었던 모양이다. 그러나 그 북새통을 정돈하고 또르또니다운 매력을 유지하게 해주는 힘은 웨이터들에게 있었으니, 또르또니 카페에서 두 번째로 인상적인 존재들이었다. 대부분 할아버지라 할 정도로 나이 든 분들이었는데, 할아버지가 이토록 멋있게 보일 줄이야. 친절한 것은 둘째 치고, 자신을 전혀 낮추지 않으면서도 우아하고 기분 좋게 서비스를 제공하는 그 여유는 감탄할 만했다. 바닥에 휴지를 떨어뜨려 주우려고 고개를 숙이는데 어느새 다가온 노신사 웨이터가 내 팔을 살짝 잡으며 말했다.

"숙녀가 이런 일을 하면 안 되죠."

또르또니 카페를 좋아했던 나는 부에노스아이레스에 머무는 동안 두 번이나 방문했다. 한번은 미리 예약해둔 탱고 쇼를 관람하기도 했는데 작지만 알찬 공연이었다. 여성 댄서와 남성 댄서가 각각 둘씩, 그리고 가수 하나. 이렇게 다섯 명이 무대를 꾸몄다. 화려한

의상에 다양한 탱고 춤, 유명한 탱고 노래까지……. 마지막에 가르델을 닮은 잘생긴 가수가 '당신이 나를 사랑하는 날에'를 불러주었을 때는 거의 울 뻔했다. 생전에 카를로스 가르델이 그렇게 자주 드나들었다는 바로 그 카페에서 이 노래를 라이브로 듣고 있다는 게 믿기지가 않았다. 모두가 같은 마음이었는지 관객들은 한목소리로 노래를 합창했다. 극장 벽에 붙은 사진 속 가르델이 환하게 웃고 있었다. _홍아미

150년 역사의 카페 또르또니

하루 종일 먹고, 수영하고, 취했던 알로나 비치

섬의 안부

보홀, 필리핀

“다시 자유롭게 여행하게 된다면 제일 먼저 어디로 갈 거야?”

만나는 친구마다 내게 묻는 질문이다. 요즘의 나는 필리핀 보홀이 가장 그립다.

필리핀의 수많은 섬들 가운데 가장 좋아하는 섬, 보홀은 세부에서 배로 두 시간 거리에 있다. 관광지로서의 개발은 세부보다 덜 되었지만 덕분에 깨끗한 바다와 때 묻지 않은 현지인들을 만날 수 있는 곳이다. 5킬로미터 남짓한 알로나 비치를 따라 옹기종기 모여 있는 식당과 마사지 숍이 번화가의 전부. 도착한 지 이틀 만에 몇몇 가게 사람들과는 눈인사를 주고받게 되었다.

잠들기 아쉬웠던 어느 날 밤, 이름 모를 바에 들렀다. 해변 초입의 간판이 없는 오픈형 술집이었다. 분위기가 달아오르면 술을 마시던 사람들이 ㄷ자 형태의 테이블에 올라가 춤을 추었다. 그 사람들을 구경하다가 바텐더에게 시선이 향했다. 밀크 초콜릿색 피부에 작은 얼굴, 많아야 20대 초반으로 보이는 필리핀 여자였다. 능숙하게 테이블을 정리하면서 리듬에 맞춰 몸을 살짝살짝 움직이는데 핀 조명을 켠 듯 그녀만 보였다. 몸 안에서 리듬이 튕겨 나오는 듯한 그 몸짓이 아름다워 눈을 뗄 수가 없었다.

그녀의 이름은 제니. 활달하고 흥이 많은 그녀와 나는 금세 친해졌다. 제니가 일하는 바는 알로나 비치 초입에 있어서 어딜 가든 그곳을 지나야 했다. 바 앞을 지날 때마다 제니가 있으면 수다를 떨고, "나중에 봐!" 하며 헤어지는 날들이 이어졌다. 떠나기 전날 밤, 제니에게 인사를 하러 그 바에 다시 갔다. 제니는 성수기인 12월에 꼭 다시 오라고 했고 나는 그러겠노라며 손가락을 걸었다.

그녀는 나와의 약속도 내 얼굴도 잊었겠지만 나는 가끔 그 약속을 떠올린다. 제니는 여전히 아름다운 춤을 추며 밤의 주인공 자리를 즐기고 있을지, 내가 좋아하던 스파게티집과 자꾸만 발에 모래가 달라붙던 해변의 레스토랑은 그대로일지. 떠나온 곳의 안부가 궁금해질 때면 반짝, 하고 먼 섬에서 누군가 나에게 신호를 보낸 게 아닌가 하는 착각이 든다. 내가 할 수 있는 일은 온 마음을 다해 답신을 보내는 일. 나는 잘 지내고 있어요. 그러니 내가 그곳에 다시 갈 때까지 부디 잘 지내고 있길 바라요. _양주연

(위) 알로나 비치에서 즐기는 여유
(아래) 밤이 되면 분위기가 달아오르는 해변

괜찮아, 삶은 버스킹이야!

포르투, 포르투갈

포르투로 촬영을 갔을 때의 일이다. 신청자의 사연을 받아, 그가 꿈을 이루기 위해 떠나는 여행길에 동행하는 프로젝트 촬영이었다. 사연의 주인공은 부산에 사는 새내기 대학생 정이. 그녀의 꿈은 유럽에서 버스킹 공연을 하는 것이었다. 첫 유럽, 첫 포르투에서 그녀는 인생 첫 버스킹 공연을 하게 되었다. 걱정했던 것에 비해 공연은 꽤 성공적이었다. 아기자기한 주황 지붕, 반짝이는 도루강, 달콤하고 진한 포르투 와인! 어떤 노래를 들려준다 해도 관객들은 박수를 보낼 준비가 되어 있었다.

그러다 우연히 강가에서 한 버스커와 함께 공연을 하게 되었다. 그의 이름은 안드레. 미국에서 왔다고 했다. 포르투에선 7년째 버스킹을 생업으로 하고 있는 프로 버스커였다. 그는 정이에게 어떤 노래를 부를 건지 물어본 후 코드를 몇 번 맞춰보고선 원, 투, 쓰리

장난감처럼 아기자기한 포르투의 주황 지붕들

포르투에서 활동하는 7년 차 버스커, 안드레

바로 노래를 시작했다. 응? 연습도 없이 바로 공연을 시작한다고? 나도 정이도 당황해서 '연습은 안 하느냐'고 물으니 '잇츠 오케이'란 대답이 돌아왔다. 160센티미터도 안 되는 자그마한 한국 여자애와 잘생긴 미국 남자의 버스킹 공연이 신선한 그림이긴 했는지 이미 사람들이 우리 앞에 가득 모여 있었다. 브루노 마스의 '당신의 지금 모습 그대로Just The Way You Are'를 첫 곡으로 불렀다. 정이가 평소처럼 부르고 안드레가 화음이나 후렴구를 함께 불렀다. 솔직히 말하자면 기타 반주도, 화음도 하나도 맞질 않아 공연이라기보단 리허설 같았다. 모여 있던 사람들도 하나 둘 흥미를 잃고 자리를 떴다. 정이는 노래가 끝나고 힘없는 목소리로 "쏘리"라며 겸연쩍어했다. 그러자 안드레는 어리둥절한 표정으로 말했다.

"You don't have to be perfect. It's okay this is busking!완벽할 필요 없어. 괜찮아. 이게 버스킹이야!"

공연이 끝난 뒤 인터뷰에서 정이는 그 말 덕분에 공연을 즐길 수 있게 되었다고 했다. 실수조차 공연의 일부이고 그 즉흥성이 버스킹 공연만의 매력이라고 여기게 되었다고. 안드레와의 듀엣 공연 이후 정이는 정말로 한결 편안하게 노래했고 중간중간 농담도 섞는 여유가 생겼다.

종종 만사에 아등바등할 때마다 안드레의 말을 떠올린다. 그러면 어깨에 잔뜩 들어갔던 힘이 빠지고 즐겨야지 하는 마음이 된다. 실수 좀 하면 어때. 나도 이번 생은 처음인걸. _양주연

최고의 전망을 자랑하는 모로 언덕

광고로 가득한 뉴욕 타임스 스퀘어의 빌보드

널 두고 올 수가 없어

'너와의 여행은 이번이 마지막이야.'

낡은 캐리어를 보며 중얼거렸다. 귀퉁이는 깨졌고, 흠집과 오염 투성이이며, 바퀴도 고장이 났다. 오랜 시간 나의 여행과 함께해준 친구. 이번 여행의 종착지인 뉴욕에서 녀석과 이별하려 했지만 끝내 손을 놓지 못했다.

캐리어를 왜 버리지 못했을까. 아마도 여행 동반자처럼 느껴졌기 때문 아닐까. 노병의 훈장처럼 캐리어 위에 붙어 있던 수하물 스티커들은 우리 부부와 함께한 시간을 말해주는 듯했다. 그 친구는 그저 묵묵히 자신의 역할을 해왔다. 옷, 신발, 책, 라면, 즉석 밥 같은 온갖 짐을 터질 만큼 넣어도 다 받아주었다. 공항에서 이리저리 던져져 깨지고 상처를 입어도 꿋꿋이 우리 곁에 남았다. 이런 친구를 낯선 곳에 버리고 오려 했다니. 생각할수록 미안하다.

미국 여행을 가기 전 창고에서 큰 캐리어 2개, 기내용 캐리어 2개를 꺼냈다. 그중 큰 분홍색 캐리어의 상태가 좋지 않았다. 바퀴는 덜컹덜컹하고, 깨진 귀퉁이 틈으로 물건을 잡아 뺄 수도 있을 것 같았다.

"여행 가기 전에 캐리어 하나 사야겠어."

"음……. 일단 여기에 짐을 싸고 미국 아울렛에 가서 새 캐리어를 사자. 올 때 이건 버리고, 새 캐리어에 짐을 넣어오면 되잖아."

"좋아. 그러면 되겠네."

며칠 뒤 인천 공항으로 향했다. 항공사 카운터에 가서 탑승권을 받고, 대형 캐리어들을 수하물로 부쳤다. 캐리어 무게를 체크하던 직원이 말했다.

"캐리어 아래쪽이 많이 깨진 거는 알고 계시죠?"

"네. 알고 있어요. 이번에 마지막으로 쓰는 거예요."

약 열 시간의 비행 끝에 시애틀에 도착했다. 시애틀, 밴쿠버, 포틀랜드는 렌터카로 다녀서 캐리어를 끌 일이 많지 않았다. 문제는 뉴욕이었다. 공항에서 지하철, 지하철에서 숙소로 갈 때 고장 난 캐리어를 끌려니 힘이 배로 들었다. 어쨌거나 무사히 숙소에 도착한 후 우리는 여행의 흥에 취해 뉴욕 이곳저곳을 돌아다녔다. 그러다 불현듯 캐리어가 떠올랐다.

"우리 새 캐리어 사야 하잖아."

"그냥 그거 쓰자. 지금까지 우리 여행과 쭉 함께했는데 여기 버리고 가자니 찜찜해."

"사실은 나도 그래. 여기 버리고 가면 계속 미안한 기분이 들 거 같아."

우리는 캐리어의 깨진 귀퉁이를 테이프로 막았다. 한국에 돌아온 후, 폐기물 스티커를 붙인 그 녀석과 이별했다.

"고마워, 그동안 우리와 여행을 함께해줘서."

낡고 고장 난 캐리어를 뉴욕에 버리고 왔다면 앙금이 남은 듯 두고두고 미안했을 것이다. 여행을 다니다 보니 알게 되었다. 여행의 동반자는 사람뿐만이 아니라는 것을. 여행을 갈 때마다 신는 흰색 운동화, 늘 메고 다니는 검은색 배낭, 돈을 보관하는 빨간색 크로스백도 여행 동반자였다. 나의, 우리의 여행 추억을 고스란히 함께한 고마운 친구들이다. _김유미

이탈리아 맛집 유랑단

내향적 인간인 나는 새로운 친구를 사귀는 일에 영 서툴다. 낯을 많이 가리는 탓에 생판 모르는 타인을 만나면 속마음이야 어떻든 표정과 말투가 굳어버린다. 그런 내가 그나마 자연스럽게 인연을 맺는 때가 여행을 할 때다. 잠깐 주위 환경이 바뀐다고 사람이 180도 달라질 리 없겠지만, 모든 것이 생경한 여행지에선 왠지 거칠 것이 없어진다. 특히 해외에서 한국 사람을 만나면 동질감이 창피함을 앞설 때가 있다. 어느 장소에 다녀왔는지, 어떤 음식을 먹었는지, 앞으로 어디로 갈 건지 등 공유하고 싶은 게 너무 많은 나머지 다소 뻔뻔하게 말을 붙이게 되는 것이다.

하지만 타지에서의 인연이 한국에서까지 이어지는 경우는 생각보다 드물다. 이어지더라도 각자의 견고한 일상으로 인해 새로운 관계의 끈은 느슨해지기 마련이다. 어쨌든 여행지에선 태풍이나

현지인들도 줄을 서서 먹는 피자 맛집

이탈리아에 왔음을
실감케 하는 국기

바가지, 소매치기처럼 좋지 않은 일도 훗날 허허 웃을 수 있는 에피소드가 되고, 그곳에서 만난 이는 긴 여운을 남긴다. 몇 년이 지나도 문득문득 생각날 정도로 말이다.

이탈리아에서 만난 B 언니가 그렇다. 나와, 당시 룸메이트였던 Y는 방학을 맞아 한 달간 이탈리아 전역을 돌고 있었다. 그런데 로마에선 신기하게도 가는 곳마다 B 언니와 마주쳤다. 우리는 어쩌다 말을 튼 김에 저녁 한 끼를 함께하기로 했다. 언니는 마치 현지인처럼 자연스럽게 한 레스토랑으로 우리를 안내했다. 자리를 잡자마자 본격적인 수다가 시작되었다. 언니는 전문직 종사자였으며 이직 전 이탈리아로 미식 여행을 왔다고 했다. 혼자서도 잘 먹고 잘 돌아다니지만 여러가지 음식을 맛보지 못하는 것이 아쉬웠는데, 셋이서 왔으니 더 맛있는 식사를 할 수 있겠다며 언니는 웃었다.

이 말을 들을 때부터 심상치 않더라니. 아니나 다를까 언니의 추천으로 주문한 메뉴는 애피타이저부터 디저트까지 어느 것 하나 맛있지 않은 것이 없었다. 언니에게 메뉴 선정을 전적으로 맡긴 건 탁월한 선택이었다. 당시 학생이었던 우리가 감당하기에는 조금 비싼 가격이라 내심 마음을 졸였는데, 그게 티가 났는지 언니는 쿨하게 계산까지 했다. 우연인지 우리와 여행 기간도, 루트도 비슷했던 언니와 나폴리에서 다시 만나기로 약속했다. 숙소로 돌아가는 길에 Y와 나는 '세상에 저런 여행을 즐기는 사람도 있구나'라며 한참

B 언니가 흔쾌히 대접한
근사한 요리

을 감탄했다.

원래대로라면 우리는 나폴리엔 갈 생각이 없었다. 관심이 없었다기보단 엄두가 안 났다. 나폴리는 이탈리아 내에서도 마피아가 많은 거친 도시로 악명이 높았기 때문이다. 하지만 나폴리에서 끝내주는 피자를 함께 먹자는 언니의 제안은 너무도 매력적이라 덥석 물 수밖에 없었다. 그렇게 즉흥적으로 이탈리아 맛집 유랑단이 결성되었다. 그리고 며칠 뒤 우리는 영화 〈먹고 기도하고 사랑하라〉에 나온 피자집 앞에서 정말로 재회했다. 전 세계적으로 알려진 맛집답게 문밖으로 사람들이 길게 줄을 서 있었다.

고작 저녁 한 끼 같이 먹으며 몇 시간 대화한 사이일 뿐인데, 언니가 그렇게 반가울 수가 없었다. 이래서 '밥정'은 무시 못 한다는 말이 있던가. 우리는 다른 테이블에 앉은 외국인들처럼 당당하게 1인 1피자를 먹으며 마피아만큼이나 유명한 그 나폴리 피자 맛에 흠뻑 취했다. 쫄깃한 도우와 신선한 토마토소스, 토핑으로 올라간 다양한 재료 본연의 맛이 담백한 조화를 이뤄 배가 불러도 자꾸 손이 갔다. 물론 먹는 동안 우리가 나눈 이야기의 절반 이상은 서로 못 본 새 각자 다녀온 맛집에 관한 것이었고.

단 2회의 먹부림을 끝으로 맛집 유랑단은 해산했다. 그래도 언니와는 한국에 돌아온 뒤 드문드문 연락을 하고 만나기도 했다. 그

화덕에 들어가기 직전의 나폴리 피자

러는 사이 시간은 흘러 흘러 대학생이던 우리는 취준생이 되었고, 언니는 결혼했다. 이후에도 아주 가끔 안부를 묻곤 했지만, 이제는 서로의 소식을 소셜 네트워크 서비스SNS로만 확인하고 있다. 한때는 이런 단절 아닌 단절이 씁쓸하기도 했다. 그러나 언제부턴가 어렴풋이 깨달았다. 인연은 억지로 잇는다고 이어지지 않음을, 인생에 오가는 무수한 인연들이 있음을. 요즘은 추억 속에 고이 간직한 누군가의 안녕을 진심으로 빌 수 있다는 사실만으로도 마음이 충만해진다. _양슬아

돌로 탑을 쌓아놓은 협재해수욕장

내 걸음으로 천천히 끝까지

올레길, 제주도

장마가 막 시작된 7월, 여행에 대해서 아무것도 모르는 초보 여행자였던 나는 무턱대고 올레길을 걸으러 제주로 내려갔다. 제주의 장마는 끔찍했다. 어떤 날에는 매우 화창하네 싶다가도 억수 같은 비가 갑자기 쏟아졌다. 지독한 해무 때문에 바로 코앞에 있는 가로등조차 보이지 않던 적도 여러 번. 신발은 늘 젖어 있었고 제습기가 없으면 옷은 마르지 않았다.

코스 하나를 마무리하지 못하면 숙소에 갈 수 없다는 공포와 다음 날 새로운 올레길을 걸어야 한다는 부담이 늘 나를 짓눌렀다. 무거운 짐을 어깨에 이고 걷는 게 처음에는 그렇게 힘들었다. 혼자 제대로 여행을 해본 게 처음이던 나는 너무 외로워 숲속에서 울기도 했다. 그냥 포기하고 육지로 올라가버릴까, 한참 고민할 정도로 제주도 여행은 그리 즐겁지 않았다.

두 다리가 천 근 같고, 내일이 오는 게 두렵던 여행 초반. 19킬로미터나 되는 올레길 4코스를 걷기 위해 숙소를 나섰다. 세상이 온통 하얀색이었다. 누군가 페인트로 세상을 지워버린 듯, 짙은 해무가 주변을 집어삼킨 채였다. 외출을 자제하라는 마을 방송도 무시한 채 바닷가를 걸었다. 왼쪽에서 미세하게 파도 소리가 들리지 않았다면 바다가 옆에 있는지도 몰랐을 것이다. 해무를 뚫고 걸어가는데 멀리 나처럼 혼자인 올레꾼이 보였다. 나보다 훨씬 가벼운 배낭을 멘 남자는 난간에 걸터앉아서 팔에 선크림을 바르고 있었다. 전날 3코스를 걷다가 귤 농장 옆에서 만난 목수 아저씨였다.

전라도에서 목수 일을 한다던 그의 모습이 아직도 눈에 선하다. 짧게 깎은 머리는 회색이었고, 귀에는 멋진 피어싱을 하고 있었다. 우리는 같이 가자는 말도 없이 함께 걸었다. 서로 어떤 대화도 나누지 않았다. 나란히 걷다가 아저씨가 앞서가기도 했고, 내가 너무 뒤처지면 아저씨는 기다려주었다. 해변을 지나 마을로 들어갔을 때 그는 작은 구멍가게에서 초콜릿과 빵, 우유를 사주었다. 산이나 숲에 들어가기 전에 간식거리는 꼭 챙겨야 한다면서.

마을 길을 지나 오름이 나타났다. 가파른 통나무 계단이 끝도 없이 이어졌다. 한숨만 나왔다. 앞서 올라간 아저씨의 걸음은 빠르고 리듬감이 있었으며 경쾌했다. 그에 비해 나는 정상까지 오르는 아

올레길 곳곳에서 길의 방향을 알려주는 올레 화살표

저씨의 뒤를 따라가느라 정신이 없었다. 숨소리가 점점 거칠어졌고 다리는 지면에 딱 달라붙은 듯했다. 문득 아저씨가 뒤를 돌아보며 말했다.

"천천히 와요. 자기 걸음으로 천천히. 사람은 자기 걸음으로 걸어야 해. 그래야 끝까지 갈 수 있어."

그렇게 말하곤 아저씨는 안개 속으로 사라졌다. 그제야 내가 주변 풍경을 하나도 보지 않은 채 계단만 보며 오르고 있다는 걸 깨달았다. 땀이 비 오듯 흘렀다. 고개를 들어 뒤를 돌아보았다. 내가 올라온 길이 저만치 아래에 있었다. 안개가 흐르는 소나무 숲은 몽환적이었다.

'내가 여기까지 왔구나!'

아저씨는 정상에 있는 벤치에 앉아 나를 기다리고 있었다. 그는 내게 어서 오라며 초코바 하나를 까주었다. 우리는 말없이 하얀 안개로 지워진 풍경을 보다가 오름을 내려왔다. 그리고 다시 걸었다. 일곱 시간 만에 올레 안내소에 도착했고 각자의 수첩에 도장을 찍었다. 아저씨는 다음 날 육지로 올라갈 예정이었다. 우리가 다시 만날 일은 없겠지만, 또 길에서 보자는 인사를 하며 헤어졌다.

우습게도 이날 이후로 나는 마음에 조금 여유가 생겼다. 해가 지기 전에 도착하지 못할까 봐 쉬지도 않고 꾸역꾸역 걷던 내가, 잠깐 앉아서 바다에 발도 담그고 카페에서 커피도 마시며 순간을 즐겼다. 비가 와서 쫄딱 젖어도, 가다가 말똥을 밟아도, 숲에서 방목한 돼지를 만나거나, 밥집을 발견하지 못해 쫄쫄 굶어도 모든 경험이 새롭고 신선하게 느껴졌다.

올레길 19코스까지 걷던 나는 언니의 병원 입원 소식에 곧장 서울로 향했다. 새카맣게 탄 채 병실에 나타난 나를 보고 언니는 한바탕 웃음을 터트렸다. 이 여행 이후, 나는 변했다. 혼자 여행하는 일이 늘었고, 게으름뱅이처럼 느긋하게 여행하게 되었다. 무슨 일이 생겨도 '어쩔 수 없지 뭐'라며 넘어갈 만큼 여유가 생기기도 했다. 지금도 틈만 나면 배낭을 메고 제주도에 내려갈 기회를 엿보고 있다. 다시 그 길에 들어선다면 조급해하지 말고 천천히, 아주 천천히 내 걸음으로 끝까지 걸어야지. 여행도, 인생도. _엄지희

보홀 알로나 비치의 풍경, 필리핀

작가의 말

코로나 시대 이후의 여행에 대하여

홍아미

2020년이 끝나갈 무렵임에도 코로나 시국은 현재 진행형이고, 미리 사두었던 항공권은 모두 취소했다. 아마 당분간 비행기를 타고 떠나는 해외여행은 어렵겠지. 이륙할 때의 흥분을 사랑하는 여행자로서 참 안타까운 일이지만 이제 예전 같은 여행은 힘들 거라는 것을 받아들였다. 솔직히 고백하면, 코로나 이후가 어떤 세상일지 나는 전혀 모르겠다. 따라서 그때의 내 삶에 대해서도 상상할 수가 없다. 주어진 현재의 상황 안에서 내가 가장 행복할 수 있는 여행법을 찾는 것 외에는 할 수 있는 일이 없다. 그런 의미에서 11월엔 코로나 덕분에(?) 장만한 자동차를 끌고 남도 일주를 계획 중이다. 트렁크에 이 책을 가득 싣고 출발할 수 있기를.

• 블로그 amiga-project.com

엄지희

"코로나 사태가 종식되면 어디에 가장 먼저 가고 싶어?"

사람들을 만날 때마다 나는 항상 물었다. 그러면서도 정작 나 스스로에게는 해본 적이 없는 질문이었다. 어디로 가야 하나 생각하는 와중에 신기하게도 가보지 못했던 곳, 새로운 나라보다는 그리웠던 장소가 떠올랐다. 사이판과 피렌체, 포르투, 오슬롬, 에든버러와 세비야, 자다르. 다시 여행할 수 있다면 그때는 아주 오래 한 도시에 머물며 살아보고 싶다. 집에 돌아가고 싶은 마음이 들 때까지.

양주연

붉은 지붕이 있는 이탈리아 소도시에 가고 싶다. 예를 들면 시에나나 볼로냐. 볼로냐에서 라구파스타에 저렴하고 신선한 하우스와인을 곁들이고 소화시킬 겸 골목골목을 산책하다가 또 무언가를 먹을 것이다. 열두 시간 넘게 비행기를 타고 날아가 먹기 위해 걸어다니는 아주 일상적인 시간을 보내고 싶다. 이상한 일이다. 이전엔 휴가가 생겨도 이토록 이탈리아에 가고 싶다는 생각을 한 적이 한 번도 없었는데. 그 먼 곳까지 가서 파스타를 먹는다는 것이 아주 특별한 일이 되어버렸기 때문일 것이다. 아는 맛이라서 더더욱 사무치게 그리운 여행이다.

• 인스타그램 @enzoeylife

양슬아

새로운 곳에서 새로운 것을 보길 선호했던 내가 요즘은 좀 달라진 것 같다. 자유롭게 여행하는 날을 맞이한다면 가본 곳을 다시 한 번 방문하고 싶다. 더는 모든 것이 예전 같지 않은 시대라 익숙함을 좇고 싶은 걸까. 프랑스 파리의 스튜디오를 빌려 한 달쯤 머물면서, 남편과 하릴없이 걷다가 사진도 찍었다가 시장에서 장을 봐 요리를 해 먹고 도란도란 옛 추억도 이야기하는 꿈을 마음속에 고이 간직해두려 한다.

• 인스타그램 @youngyoung.voyage

안소은

이미 다녀온 여행지는 다시 가지 않는 편이다. 그래서 여행을 마친 후에는 주로 다음번엔 어디로 떠날지 고민했다. 지금, 여행을 잃어버린 뒤에서야 지나온 곳들의 추억을 자세히 들추어본다. 옛 여행의 기억과 매력을 곱씹으며 우리가 일상을 되찾는 반가운 날이 온다면 다시 만나고 싶은 여행지를 적는다. 그 '언젠가'가 '곧'이 되기를, 우리 모두의 간절한 마음이 꼭 가닿기를.

• 인스타그램 @traveling_soe

박성혜

코로나로 많은 걸 잃었다고 생각했지만, 마스크와 함께하는 시간이 길어질수록 얻은 것도 있다는 생각이 든다. 계절의 변화가 이토록 아름답고 자연의 색이 이렇게나 황홀한 것이었구나. 소소한 일상 속에서 누리는 삶의 행복과 가치가 이전보다 더 커졌다. 다시 떠나게 된다면 그곳이 어디든지 상관없이 동네 아이의 얼굴, 허기를 달래줄 밥상, 커피가 담긴 찻잔처럼 아주 소소한 것들에 깃든 행복을 찾아보고 싶다.

• 인스타그램 @aloha_shp

류진

'코로나 이후'라는 건 없다. 여행의 모양이 바뀐 것에 순응한다. 떠나지 않고 떠나는 여행이 '지금'과 '여기'의 가치를 일깨워주었다. 그것에 만족한다. 국경을 넘을 기회를 갖게 된다면 비행기를 타기 전부터 그곳에 친구를 만들어둘 생각이다. 발리에 사는 응우라이와 아유가 줌ZOOM으로 선보이는 '인도네시아 가정식 만들기' 수업을 듣고, 정말 그 집으로 찾아가 며칠 동안 묵고 싶다. 드라마틱한 순간을 쫓는 대신 떠난 곳에서도 지금과 여기에 충실하고 싶다. 그럴 날을 벼를 수 있어 다행이다.

• 이메일 flyryu@naver.com

• 인스타그램 @flyryu

김유미

사람들은 종종 묻는다.

"다음 여행은 어디로 가실 거에요?"

나는 잠시 머뭇거린다. 가고 싶은 곳이 너무나 많기 때문이다. 프랑스 남부와 스페인 북부의 소도시들을 렌터카로 돌아보고픈 마음도 있다. 폴란드와 독일 그리고 네덜란드에 다녀오고 싶기도 하다. 17년 전 신혼여행으로 다녀온 그리스에 다시 가보고 싶기도. 이렇게 많은 곳들이 떠오르지만, 나와 나의 소울메이트는 하와이에 가장 먼저 다녀오기로 했다.

우리의 사랑스런 강아지 똘망이가 더 나이 먹기 전에 함께 해외여행을 꼭 하고 싶은데, 똘망이의 첫 번째 해외여행지로는 하와이가 가장 적격일 듯하기 때문이다. 하와이의 아름다운 해변을 순례하며 똘망이와 함께 산책할 생각을 하니 벌써부터 심장이 두근거린다. 알로하 파라다이스. 우리가 갈 때까지 부디 그 모습 그대로 기다려주렴.

• 이메일 dul2dul2@naver.com

• 인스타그램 @tolmang_life

김영미

육아를 시작하며 나의 여행 인생은 새로운 라운드에 접어들었다. 꼬마 친구와 함께하는 여행엔 전혀 새로운 관점이 필요했다. 때로 많은 것을 포기해야 했다. 예컨대 기분 좋게 취한 채로 이른 새벽까지 클러빙을 즐기는 여행은 당분간(어쩌면 영원히) 엄두를 내지 못하게 되었다. 전혀 관심 없던 정보가 필요해지기도 한다. 놀이터나 잔디밭이 펼쳐진 공원의 유무가 숙소 결정에 지대한 영향을 미치는 식이다. 이 시국이 끝나면, 익숙한 도시로 달려갈 것이다. 그리웠던 싱가포르의 풍경들을 다시 만나고, 아이와 함께 테마파크와 동물원과 놀이터를 정복할 것이다. 혼자일 때와 180도 달라진 시선으로 즐기는 아이와의 싱가포르 여행. 상상만 해도 즐거워진다.

• 인스타그램 @ym_1021
• 블로그 blog.naver.com/crazyviolet

김나영

나는 계획적인 여행을 즐기는 편이 아니었다. 그건 여행의 묘미를 훔치는 행위라 생각했다. 한 도시에 오래 머무는 것을 선호했기에 여행 동선을 세세하게 짤 필요도 없었다. 가보고 싶은 곳을 표시해 둔 구글 맵이 손안에 있으니 적당히 숙소 정도만 잡아두고 발길 닿는 대로, 혹은 현지인들에게 물어 추천을 받아 다니는 편에 가까웠고 그게 정말 좋았다. 오죽하면 내 여행 모토는 '무리하지 말자'라고 주변에 떠들고 다녔을까.

그런데 급작스레 여행길이 막히자 그간의 이런 나의 여행 방식에 조금은 회의감이 든다. 예전 그 레스토랑에 예약해서라도 가볼걸(혹은 다른 메뉴들도 더 먹어볼걸), 조금 무리해서라도 그 전망대에 올라가볼걸, 현지 친구들을 적극적으로 사귀고 올걸 하는 후회들이 밀려와 애꿎은 휴대폰 사진첩만 계속 들여다본다. 사진첩 알고리즘이 정리해주는 'n년 전 오늘의 나'를 보면 그곳까지 가서 겨우 이것만 하고 돌아왔네, 하는 생각이 비집고 들어와서 이마를 짚게 된다.

머지않아 여행은 또다시 일상이 될 것이고, 그때는 같은 실수를 반복하지 않기 위해 더 많은 것들을 탐미할 것이다. 나의 여행 모토를 뛰어넘는 다소 무리하는 여행이 되겠지. 하지만 다시 '여행자'가 되기 위해 견뎌온 시간을 생각하면 그쯤은 아무것도 아닐 테다. '몇 년 후 오늘의 나'는 과연 후회를 덜어낼 수 있을까?

• 인스타그램 @city_collage_